THE LAST CRY FOR HELP

Character File 001

徐遙

PROFILE

十五歲父親意外亡故，跟隨母親移民美國，大學期間主攻犯罪心理學。

個性冷漠，但又常常幫忙李秩進行罪犯分析，有點外冷內熱。

神祕網路小說家

「貝葉樹」

THE LAST CRY FOR HELP
Character File 002
李秩
PROFILE
富有正義感，對待工作非常認真，時常熬夜加班。
是「貝葉樹」的狂熱書迷，對徐遙有超越朋友的好感。
正直的
警察局副隊長

GOBOOKS
& SITAK
GROUP©

GOBOOKS
& SITAK
GROUP©

三日月書版

三日月書版

風花雪悅
illust BSM
[I]
無瞳之眼
瞳の無い目
The last cry for help
輕世代 BL037
三日月書版

無瞳之眼

瞳の無い目

The last cry for help

CONTENTS

第一案　天使屠夫

THE LAST CRY FOR HELP

紛繁細碎的線索，在看見這方手帕時瞬間清晰了起來，宛如散落的珍珠被銀線一一串起。徐若風瞪大的眼睛，逐漸浮現出紅色的悲愴。

其實在他內心深處，早已察覺到了真相，只是他不敢相信，也不願意相信，在世間千千萬萬人裡，他能遇到她，只因為自己是她計畫中不可或缺的棋子。

泛著幽光的電腦螢幕上，方塊般的文字飛快地隨著游標浮現，保持著彈琴節奏般敲打著鍵盤的手指忽然停了下來，修長的小拇指往上延伸，按住backspace，把最後一句話刪掉了。

不是這樣的，這樣的凶手太不真實了，對於一個連環殺人犯來說，並沒有什麼人是所謂「計畫中不可或缺的棋子」。

他們會把所有人都當成棋子的備選，就算不是這個人，也會是另一個。

徐遙把占了三分之二張臉的金色圓框眼鏡脫下，揉了揉眉心，水藍色的窗簾外透進來朦朧的光，他看看電腦上顯示的時間，已經是早上六點了。

「轟轟轟」的公車引擎聲響起，第一輛公車發車了，占據社會大部分的勞動人口已經開始一天的工作。他們匆匆忙忙地從公車站附近的早餐店或路邊攤買了幾十塊錢的早餐，也許是包子，也許是燒餅油條，也許是清粥小菜，他們甚至來不及把早餐吃完，便變成了一個個微小的音符，趕往悅城不同的方向，匯入早上通勤這首氣勢磅礡的偉大交響曲中。

徐遙撩起窗簾的一角，往樓下看去，那些規律的音符中，會不會有那麼一兩個走調了呢？

他知道會的，只不過是看走調的聲音是大還是小而已。

徐遙揉了揉臉頰，把放了一宿的咖啡喝光，鑽進了淺灰色的被窩之中。

包子、燒餅油條還有清粥小菜，纏繞在一起的食物香味撩動著早上八點悅城永安區警察局辦公室裡的人們。這些訓練有素的警察紛紛以極佳的行動力，撲向了香味的源頭。

「慢一點慢一點，人人都有。」

前腳剛踏進辦公室，手上提著的早餐就已經被瓜分乾淨了，張藍頓時覺得自己身為隊長的尊嚴蕩然無存：「至少留一個包子給我啊。」

「隊長，這是你放閃的代價。」一個剛結束實習的小女警塞了滿嘴的肉包，卻仍字正腔圓地調侃張藍，「這白稀飯又綿又稠，一看就是嫂子煮的，跟外面賣的完全不一樣。自己有愛心早餐還帶來炫耀，這就是代價。」

「哦，照妳的意思，我以後都不用幫你們準備早餐了？」

「滾滾滾，隊長你別聽魏曉萌亂講，她就是嫉妒嫂子。」同事們連忙往魏曉萌嘴裡又塞了一個包子，制止她冒犯眾人的食物供應商，「誰不知道你是我們局裡的大帥哥呢。」

張藍翻了個白眼，看了看四周：「李秩呢？」

「晚上值班的同事跟我說他還沒走，應該還在辦公室裡。」魏曉萌以驚人的速度吞下包子，「我來的時間不長，可是我好像沒見過副隊長下班，他是不是住在警局裡啊？」

「吃妳的早餐吧。」張藍拍了拍魏曉萌的頭頂，拿起一份倖存的燒餅油條，敲響了副隊長的辦公室大門，「李秩，我是張藍，我進來了。」

「隊長。」

話音未落，門就自己打開了，門後站著一個滿眼血絲的年輕男子，他留著普通的短髮，身穿普通的白色襯衫和黑色外套，臉上也是普通加班族會有的疲倦和鬍渣，但這一切並無損他英俊俐落的外表——如果他能稍微放鬆一點，不要一直愁眉苦臉的樣子，警局裡「第一帥哥」的稱號就應該是他的了。

「寶麗閣那件案子，死者的身分已經查明了。她叫方小燕，這是她的資料，這份是她來到悅城三年間所從事過的工作地點和人際關係，這是她的經濟狀況報告，這是她房東的聯繫方式，我已經叫社區的管理人員去詢問了。」

哪怕張藍是他的上司，李秩那冷靜得近乎漠然的語氣也沒有一絲變化，他把一大疊資料夾放到張藍手裡：「我去準備開會的事情。」

「你當自己是機器人啊，就算是機器人也該充電了。」張藍看都不看一眼他遞過來的文件，舉手敲了一下他的額頭，「你上午放假，下午兩點再過來。」

「我沒事，我來講解簡報會比較清楚……」

「你以為你是誰，局裡少了你就沒辦法運作是嗎？」張藍揚起下巴，故意皺著眉頭挑釁般地說道，「我這個隊長也沒用了是吧？」

「你知道我不是這個意思。」但李秩沒有中了他的圈套，他輕輕嘆口氣，垂下眼睛。

「那你也應該知道，你真的需要休息了。」張藍搖頭，放軟了語氣，像哥哥對待弟弟的態度，「回去睡一會吧，不然別人看見了，還以為發生了什麼重大案件呢。」

「我覺得方小燕的老公有很大的嫌疑，你們記得要問清楚。」李秩揉了揉發紅的眼睛，他接過張藍拿過來的燒餅油條，咬了一口，「謝謝。」

張藍笑道：「去吧，這裡還有我呢。」

李秩也笑了，儘管笑容只是一閃而過，便又回復平常冷淡的神情。

李秩是悅城人，但他很早就獨立在外，工作總是早出晚歸，對住處也沒有什麼要求，九坪的單間套房對他一個單身漢來說已經足夠了。他迷迷糊糊地開門關門，衣服也沒脫，便徑直倒在床上，陷入了昏沉的睡夢之中。

彷彿只是閉了一下眼睛，再次睜眼時卻已經是下午一點了。

難怪肚子那麼餓。

李秩根本沒吃幾口油膩的燒餅油條就睡著了，此時它已經變成一塊冰冷的麵團，讓人難以下嚥。他先洗了臉，便往樓下的小吃店走去。

「李警官，吃飯嗎？裡面坐。」

已經過了中午最繁忙的時候，店裡人不多，老闆一見到李秩便笑著迎了上去：「還是跟以前一樣？」

「嗯，一樣。」

李秩裝了一杯熱水，在飲水機旁邊的消毒櫃裡拿了一雙筷子，便在角落的位子坐了下來。看那流暢的動作，根本不需要店員幫他服務。

「哎呀。」正在櫃檯裡算錢的老闆娘朝廚房裡喊道，「剛剛的外送你收錯錢了。」

「啊？不會吧？」老闆探出頭來，「番茄蛋炒飯七十五，收一百找二十五塊錢，沒錯啊。」

「你看你收了什麼。」老闆娘揚著一張五百元鈔票，「這是一百嗎？」

「啊？樓梯間沒開燈，黑壓壓的我看錯了。」老闆抓了抓頭髮，「等一下忙完了我再還回去。」

「還要等一下？要是被別人發現多收錢，就是我們的不對了。」

少收要拿回來很正常，但多收了錢，對方也沒發現，還要主動退回去，可見這家店的老闆是個老實人。李秩抬頭看著正在商量誰去退錢的老闆夫婦，插嘴道：「劉叔叔，你的膝蓋不是還沒好嗎？」他指了指老闆膝蓋上的護膝，「那個人住在哪裡？順路的話我幫你還回去吧。」

「還能是誰，這個時間吃飯的除了你，就只有徐老師啊。」

「又是他？」

徐遙，這附近的人都稱呼他「徐老師」，但他在哪裡上課、教什麼科目，幾乎沒人知道。他是這個社區的名人，李秩還是社區員警時就常常接到鄰居檢舉他的電話，檢舉的內容從發出噪音到偷窺，可謂應有盡有，比什麼地痞流氓收到的檢舉都多。而他本人態度很差，總是冷冷地不說話，儘管每次都是誤會，但李秩都要浪費許多時間負責調解。

等調到警察分局以後，李秩才終於脫離苦海。這會聽到徐遙的名字，過去被婆婆媽媽糾纏的記憶又湧了上來，他兩道劍眉皺起來了：「算了，就當看望一下老朋友。我幫你們送回去吧，我的炒飯打包，晚一點再來拿。」

「謝謝你啊，李警官。」老闆再三道謝，他把多收的幾百塊錢拿給李秩，又叮囑道，「那裡樓梯的燈壞了，你小心一點。」

「好的。」李秩接過鈔票，便往徐遙家走去。

這片社區裡都是房齡超過十五年的老式公寓，是悅城最早的建築。過去能住在這裡的都是有身分地位的人，只是歲月無聲，現在已經變成了外地人租房時才會考慮的地方。

這裡的公寓沒有電梯，只蓋到第七層，徐遙住在秀麗花園三棟七〇二，每次替他調解糾紛都要爬七樓，這也是李秩痛苦回憶的一部分。

好不容易爬完六樓，剛到第七層，李秩腳下傳來一陣喀嚓喀嚓的聲音。低頭一看，是滿地碎玻璃，估計是某個小屁孩的傑作。他用腳把碎玻璃撥往一邊，以免傷到人，才按響了七〇二的門鈴。

門鈴按了三四遍才聽見拖沓的腳步聲，接著門開了，冒出來一個頂著淺栗紅色頭髮的腦袋，和一張明顯缺乏運動的蒼白臉蛋，臉上帶著李秩熟悉的、彷彿視一切為無物的不屑神情——尤其搭配上那碩大的金色圓框眼鏡，更讓人有種不爽的感覺。可是這張冰冷的臉卻偏偏有著一雙小狗似的無辜眼睛，無辜到足夠平息你剛剛萌生的不爽情緒。

而現在這雙眼睛好像還沒睡醒，三分呆滯七分詫異地瞇了半天，才認出門外這個高大的青年。

「李警官？」

「徐老師，好久不見。」

李秩點點頭，正準備把錢還給他，徐遙就皺起眉頭：「這次又是誰？我今天很安分，吃完東西就睡覺，這樣還有人檢舉我？」

「不是，你誤會了，你剛剛不是叫了劉家小吃的外送嗎？他們找錯錢，我順便拿過來給你。」李秩拿出四百塊遞到徐遙眼前，「四百，你數一下。」

徐遙看都沒看就把錢塞進襯衫的口袋裡：「謝了。」

「嗯，那我走了。」李秩完成任務，轉身就走。

「李警官。」徐遙半個身體趴在門框上探頭問道，「你是順路來還錢還是又降職成社區員警了？」

他這是幸災樂禍還是純粹好奇啊？李秩依靠著極高的教養才沒有朝他翻白

眼。

「託你的福，還在警察局裡……」正說著，手機就響了，李秩說了聲「抱歉」便接起電話，「喂，怎麼了？好，我馬上過去。徐老師，有工作我先走了。」

李秩匆忙掛斷電話，朝徐遙說聲「再見」便快步離開。他跑得很急，還在樓下撞到了一個水電工，他匆匆道歉後便飛快地跑出公寓。

徐遙看他急急忙忙的樣子，眼裡閃過一絲不甚明朗的疑慮。

中午的捷運站不算擁擠，但被封鎖的江東站和陸海站仍聚集了一些群眾，有人在抱怨，有人在好奇，電視臺的記者也已經占好位子開始採訪拍攝。李秩掛上警徽，穿過封鎖線，往捷運站裡跑去。

「副隊長！」

打電話給李秩的人正是魏曉萌，她在捷運站入口等著李秩，一看見他便急速而條理清晰地簡述案情：「下午一點半，新桃醫院急救中心接到一通電話，說捷運站有人暈倒，救護車趕來的時候發現人已經死了，而打電話的人也沒找到。電話是在捷運外的便利商店打的，但員工說打電話的人戴著帽子和口罩，認不出來。現在技術部的同事在調取監視畫面，紅姐在查驗屍體。」

「妳不當警察的話可以當廣播員了。」李秩身高腿長，魏曉萌幾乎是小跑地追著他，但她卻能把情況如此流利清晰地呈述一遍，讓他十分佩服。

「當廣播員多沒挑戰啊，還是當警察比較好玩……」這大概是魏曉萌實習以來，第一次聽到副隊長的誇獎，不知不覺飄飄然了起來。李秩猛然回頭瞪了她一眼，她立刻低下頭，「我不是這個意思。」

李秩搖了搖頭，並沒有對魏曉萌說什麼。他遠遠看見鑑識跟採證的同事都在忙，便跑到法醫張紅身邊，她正在查看一具癱坐在輪椅上的女性屍體。

「紅姐，怎麼樣？」

「你才是警察，應該是你告訴我啊。」張紅是悅城永安區的法醫主任，跟張藍是孿生兄妹，但待人接物的方式卻大差地別。張藍是詼諧幽默，張紅卻是高貴冷豔，她扶了扶黑框眼鏡，下巴一抬，讓李秩自己看。

李秩不知道自己最近又哪裡得罪她了，只能戴上塑膠手套，蹲下來觀察死者。這是一名四十歲左右的女性，兩鬢有些白髮，比實際年齡顯得更老一些，但身上穿著看起來有些高級的套裝和高跟鞋，他下意識看著死者的手腕和頸部，並向拍照的人員問道：「有找到皮包之類的、可以證明身分的東西嗎？」

「沒有，一發現屍體我們就封鎖了相鄰的兩個捷運站，其他入口的員工也沒發現，估計是被凶手帶走了。」魏曉萌認真地翻著筆記，「會不會是搶劫殺人？」

「求財而已，不用殺人吧？」李秩問張紅，「是被勒死的？」

「頸部有瘀痕，指甲裡有掙扎留下的痕跡，初步判斷，符合被人用手掐死的特徵；而從屍僵判斷，死亡時間不超過八個小時，詳細一點的資訊，要回去化驗才知道。」

「隊長呢？」屍體的情況暫時看不出什麼線索，李秩抬頭環顧四周，沒有發現張藍的蹤影。

「我哪知道，他又不用跟我報備行蹤。」

「他不是妳哥嗎？」

「他是我哥又不是我男朋友。」張紅瞥了李秩一眼，「不過有一個地方很奇怪，你看這裡。」

「嗯？」李秩隨著張紅的動作看去，張紅把死者的頸部往旁邊一撥，只見靠近後頸兩側，各有四個規則排列的圓形瘀痕，李秩皺眉，「是凶手戴著戒指還是什麼嗎？」

「不清楚，便利商店的監視畫面看到打電話的人戴著手套。」張藍的聲音從另一個方向傳來，他摘下開車時阻擋日光的墨鏡，把一個隨身碟塞到李秩口袋裡，

「那個打電話的人從哪裡來到哪裡去，我們今天要加班了。」

李秩收好隨身碟，默默點頭。

「要盡快確認死者的身分，不然沒辦法調查。」張藍拍了拍張紅，「今天辛苦一點，盡快給我驗屍報告。」

「我哪一天不辛苦？」張紅翻了個白眼，整理好驗屍器具，讓人把死者帶走。

「隊長，我覺得這個案子有些蹊蹺。」李秩總覺得有些不妙，他想起今天早上交給張藍的那份報告，「你看方小燕的報告了吧？她和這個案子的死者情況很相似，會不會是連環殺手？」

「嗯，兩名受害者都穿著光鮮，年齡相近，都是被掐死的。但方小燕死於家中，死前沒有收到急救或報警電話，如果是連環殺手，這件案子的布置如此繁瑣，肯定經過安排，但方小燕卻更像臨時起意，不像同一個人所為。」

「也許是我多慮，但我覺得應該調查一下急救中心的人，也許關於方小燕，還有什麼是我們不知道的。」

張藍抬了抬兩道濃眉：「哦，說說看？」

「死者是四十左右的女性，衣著光鮮，身上沒有或被搶劫了首飾財物。死因是被掐死的，頸部都有奇怪的圓形痕跡，都是急救中心接到電話派出救護車，但卻發現人已經死了。」李秩語速很快，簡直有點滔滔不絕，「隊長，我曾經看過一個類似的小說情節。」

「啊？」張藍一愣。

「我不會記錯的，的確是這樣的情節。」除了工作，李秩很少主動說起什麼話題，也鮮少參與別人的聊天，現在卻像是被按下了奇怪的開關，用眉飛色舞來形容也毫不為過，「凶手是一名救護車司機，他每次殺人後就把屍體遺棄在路邊，然後打電話叫救護車，再由他自己開車把屍體帶回去，不僅解決了處理屍體這個問題，還可以合法合理地接觸並搬運屍體。」

「嗯……是可以往這個方向調查一下。」相比處理屍體的詭計，張藍好像對近乎手舞足蹈的李秩更感興趣。他自從家裡出事，就一直都是冷冰冰的，但此刻描述著小說情節的他，跟當初追在自己身後要聽偵探故事的小孩一模一樣，張藍便忍不住笑道：「李秩，你看的是什麼小說？是《福爾摩斯》還是《柯南》？」

「呃……就、就是一篇網路小說，叫《天使屠夫》。」李秩這才停了下來，乾咳兩聲掩飾剛才的興奮，但兩頰微微發紅，彷彿做了什麼丟臉的事情，「寫得還不錯，關於心理描寫的內容尤為精彩，我只是抽空了看一下，沒有耽誤工作。」

「我又沒罵你，法律也沒有規定警察不能看小說，你心虛什麼？」張藍拍了拍李秩的肩膀，兩人已經走到警車旁，張藍讓他先上車，「認真工作，享受生活，培養一點興趣愛好，這樣很好，我記得你從小就喜歡看偵探小說……」

李秩打斷了張藍對他小時候的追憶：「我在想凶手會不會也看過這本小說，然後模仿劇情犯案？」

「你看那篇小說的點擊率還不錯吧？真的按照小說情節作案的話，不是擺明告訴大家真凶是誰嗎？」張藍卻否定了這個推測，他戴上墨鏡，「李秩，小說是小說，推理是推理，我們是警察，必須依靠自己的眼睛和調查，如果真的有那種看看屍體和現場就能推斷出一切的神探，哪還需要我們呢？」

「我明白的，隊長。」李秩垂下頭，剛剛稍微升騰起來的雀躍又回歸到了那和相貌極不相稱的陰鬱深沉，「對不起。」

「你怎麼老是說對不起？行，以後有什麼悔過報告就讓你幫我寫，讓你道歉個夠。」張藍使勁揉了揉李秩的頭，「可是你怎麼不說有可能作者就是凶手呢？」

李秩一本正經：「是隊長說的，這等於向成千上萬的人自首了，我覺得作者沒那麼笨。」

「哦，真心話？」

「我……我不相信自己喜歡的作者會做這種事。」

「唉，你居然還有喜歡的偶像？」

「不是……」

要說伶牙俐嘴，十個李秩都比不過張藍，他果斷用工作來躲避張藍的好奇探問。他的確是網路小說作者「貝葉樹」的忠實書迷，每個月他最多的花費就是贊助作者，但這是因為他真的寫的很好。

貝葉樹的偵探小說不像島田莊司的本格推理那麼著重詭計，也不像松本清張的社會派那麼執著挖掘社會意義，他描寫的是偵探本人在一次次案件中的成長與心路歷程，並且極為細緻地分析闡述那些扭曲犯罪者的心理特徵，這讓身為警察的李秩產生了深刻的共鳴。他一度懷疑貝葉樹也是警察，但他曾在《天使屠夫》的後記裡說過自己並不是，也沒有從事過刑偵工作，他便把這份共鳴當作是心存正義之人共同捍衛信念的感動。

實際的案件偵查工作並沒有電視劇裡呈現的精彩刺激，繁瑣的走訪調查和各種證物的收集分析，死者的認領通知也發出去了，卻一直沒有人來。永安社區的警察們奔波了一整天，晚上七點半，才一邊吃著便當，一邊在辦公大廳裡整理案情。

「驗屍結果出來了，死者是一名女性，年齡在三十八歲到四十歲之間，死亡時間是今天早上，也就是十月十六日凌晨五點到六點之間。死因是窒息，凶器是雙手，後頸兩側有來歷不明的圓形瘀痕；死者沒有遭受性侵，指甲縫裡有衣物纖維和皮膚組織，應該是在掙扎時抓到了凶手，但比對過DNA資料庫，沒有吻合的紀錄。」

陳述案情這種事交給了魏曉萌，她一邊說一邊在投影銀幕上播放相關的證物。

「衣服和高跟鞋都是高級品牌，還化了妝，說明她是一個經濟狀況良好的人，但她身上卻沒有任何飾品，在陳屍現場以及方圓十公里內也沒有發現皮包或者錢包之類可以證明死者身分的東西，推測可能是被凶手拿走了。目前暫時沒有人來認領屍體，故死者身分仍然不明。」

看了一整天監視錄影，眼睛痠澀的李秩把一疊照片發給大家：「從便利商店和捷運的監視器上，我們發現了一個可疑人物。」

照片上是一個中等身高的人，他穿著黑色西裝，戴著口罩、帽子和手套，幾乎是全副武裝。他沒有戴眼鏡，透過多個角度的照片對比，可以確定是體型瘦長的男人。

「這個男人最早出現在江東商場附近的監視器裡，下午一點四十五分，他推著輪椅，把死者推進捷運站，接著把她留在那裡，自己到便利商店打電話叫救護車。之後他並沒有返回捷運，而是往江東的方向離開，最後拍攝到他的鏡頭是他進入江東商場，但沒拍到他從商場出來的畫面，應該是在監視器死角換了衣服，說明這個人有一定的反偵察意識。」

「也有可能是偵探小說看太多了。」

張藍不知道是故意取笑李秩還是隨口調侃，反正李秩覺得眾人的哄笑都是在笑他，他乾咳兩聲：「死者沒有任何會導致行走不便的疾病，輪椅應該是凶手為了方便搬運屍體而準備的。我們根據輪椅的商標找到了廠商，但廠商說無法調查每一把輪椅的去向。」

「本來也沒期望廠商能提供什麼線索，算了。」張藍站了起來，拿起鐳射筆在投影的地圖上畫了個圈，「凶手對江東商場的監視器死角這麼熟悉，肯定事先探訪或長期在附近活動，遇害的死者也一定在這裡工作生活。大家趕緊吃飯，吃完後以江東商場為中心，挨家挨戶詢問，必須盡快查出死者的身分。」

「隊長！」

大家剛低頭迅速吃飯，一個員警便氣喘吁吁地跑了過來：「剛接到報案，秀麗花園四棟二樓樓梯間發現了身分不明的女性屍體。跟這件案子一樣，是有人打電話叫救護車然後發現屍體的。」

剛剛分析完案情，又出現一個新的受害者，所有人都瞪大眼睛。張藍把便當往桌子一放，嘴裡叫罵著跑了出去，李秩隨後跟上，魏曉萌剛走兩步，就被張藍指派了另一項任務：「李秩，把你看的小說網站傳給曉萌，曉萌妳盡快聯繫那個作者。」

李秩一愣：「隊長，你不是說……」

「一件命案是巧合，但兩件就不一定了。」張藍皺眉道，「我賭那個作者現在就在悅城。」

「你懷疑他是凶手？」李秩猛搖頭，他想說「不可能」，但話說出口前就止住了，他不能讓這種沒有根據的感情左右了他的判斷，「好。」

李秩把貝葉樹的筆名跟網站告訴魏曉萌後，便跟著張藍趕往秀麗花園四棟。

老舊的公寓，樓梯間只能容納兩個人擦身而過，張藍越過封鎖線，看到了靠牆坐著的女性死者。

同樣是四十歲左右的年紀，穿著光鮮，頸部有掐痕和圓形瘀痕，沒有首飾或皮包等物品，除了沒有輪椅，簡直就和捷運站裡的死者一模一樣。

「上一個還沒查到身分，又來一個……」張藍嘆了口氣，卻發現李秩站在他身後，呆愣愣地看著死者，神情十分驚訝，「怎麼了？」

「我、我認識她……」李秩艱難地開口，「她是我常去的小吃店的老闆娘。」

李秩在這個社區住了快八年，光顧劉家小吃也幾乎八年，但他從來沒覺得往這個方向的步伐會如此沉重。

「李警官，下班了？」

劉家小吃店裡，劉叔叔正坐在櫃檯後面算帳，看見李秩，他笑瞇瞇地站了起來，語氣卻有些抱歉：「不好意思，今天提早打烊。今天是我跟我老婆的結婚紀念日。對了，我們要出門旅遊，這幾天都不開店，李警官，你自己一個人要注意按時吃飯啊。」

這段話更是讓李秩心裡壓了千斤的巨石，他緊抿著唇，快步走過去抓住劉叔叔的手，讓他坐到椅子上：「劉叔叔，你冷靜一點聽我說……這附近剛剛發生了一起命案……」

劉叔叔神情一沉，擔憂地問道：「那個凶手有可能在這附近？」

「命案的死者，是劉阿姨。」

劉叔叔愣了一下，卻突然笑了起來，他一邊笑一邊搖頭：「李警官你開什麼玩笑呢。」

李秩沒有說話，只是看著劉叔叔，一直緊握著他的手。

劉叔叔的笑容隨著李秩的凝望逐漸消失，他囁嚅著乾癟的唇，喃喃道：「我老婆只是去送個外送，怎麼會出事呢？李警官你肯定認錯人了，肯定認錯了……」

「劉叔叔，我不會拿這種事開玩笑。」李秩扶住劉叔叔的肩膀，「我帶你去見劉阿姨吧。」

「劉阿姨？」

忽然，背後傳來一個驚訝的聲音，李秩回頭便看見徐遙。徐遙也算是這裡的常客，不叫外送的時候偶爾也會出來吃飯，李秩對他的出現並不奇怪。但是，同時出現在店門口的還有魏曉萌。

「副隊長。」魏曉萌見到李秩，抬起手臂向他邀功，「你看你看，這個算不算工傷？」

李秩看看她的手臂，只是破皮，沒有流血：「跌倒算什麼工傷？」

「我可是為了帶他回局裡才受傷的。樓梯間裡黑漆漆的，水電工處理了好久都沒有修好，工作能力太糟糕了。」魏曉萌指了指徐遙，「我本來要直接帶他回局裡，但他說沒吃飯非要來外帶。」

李秩腦皺眉，看了看一臉冰霜的徐遙：「妳為什麼要帶他回局裡？」

「哦，對了，忘了告訴你。」魏曉萌露出貓似的狡黠笑容，「這位先生就是『貝葉樹』喔。」

儘管還在工作，李秩還是控制不住自己往後跌了一步。

徐遙沉默地坐在永安警察局的辦公大廳裡，此時大多數的警員都出去工作了，他被安排在角落空置的辦公桌處等待。穿戴整齊的他看起來像律師之類的精英人士，連金邊細框眼鏡也散發著「幾個月的薪水都買不起」的奢侈氣息。他一言不發地盯著桌子上的免洗塑膠杯，水面沒有一絲漣漪。

「李秩，有沒有一點有眼不識泰山的後悔？」

辦公大廳的盡頭是隊長的辦公室，隔著透明的玻璃和開了一半的百葉窗，張藍一邊喝著咖啡，一邊調侃李秩：「你偶像的案子大部分都是你處理的，可惜啊，他的簽名在筆錄上，不能讓你拿回去作紀念。」

李秩哭笑不得：「隊長，你別挖苦我了，還是先去問問題吧。」

「你先去，我在這裡看。」

「什麼？」

「幫你安排和偶像單獨談話，還不感謝我？」張藍笑了笑，「給你一杯咖啡的時間。」

連問什麼資訊，朝什麼方向盤問的指示都沒有就讓他跟徐遙對談，儘管李秩知道張藍是想鍛鍊他，但被說得跟粉絲一樣，他也是萬般無奈。

李秩整理了一下資料，走到徐遙身邊：「水都冷了，幫你換一杯熱水吧？」

「你是想從塑膠杯上取得我的指紋，如果我喝過的話，還能從口水裡檢驗出DNA？」徐遙乾脆地把杯子推到李秩面前，「請便。」

「徐老師，我們只是想瞭解一些事情，請你不要誤會。」

李秩本來就很熟悉徐遙的脾氣和惡劣的態度，加上現在知道他就是貝葉樹，耐心更是無比充足。他把徐遙請到偵訊室，詢問起案件的相關情況：「劉阿姨的事情你知道了，其實除了她，還有兩名受害者，分別在十月十五日晚上和今天凌晨時分發現遇害。而在她們被發現前，都有人打電話到急救中心，這種情況……」

「跟我的小說《天使屠夫》裡的一段情節很相似。」徐遙扶了扶他那引人注目的金色圓框眼鏡，鏡片下一雙無辜的眼睛透出些許驚訝，「但我想你們已經調查過急救中心的人員，他們都有不在場證明。」

「是的，案發時他們都在值班，沒有人中途單獨離開過。」

「你想要拿我的DNA，說明在死者身上找到了皮屑頭髮之類的東西，對吧？」徐遙皺眉，他靠在椅背上，抱著手臂，左手不自覺地摸了摸下巴，然後抹了抹嘴唇，「你可以拿去比對，但肯定不是我。可是，晚上跟凌晨我都在家裡，也沒有人可以幫我做不在場證明。」

「徐老師，你誤會了，我們沒有把你當成嫌疑犯，只是希望你能提供一些線索。」李秩道，「至少有一點是可以肯定的，凶手一定看過你的小說，不然他沒必要特意通知急救中心，如果想要向警察示威，就應該直接打給報案中心。徐老師，除了這一點，你覺得還有什麼是能幫助我們抓到凶手的呢？比如你有沒有收到一些狂熱粉絲的信件？」

「我想你也誤會了，沒有人會因為喜歡一本犯罪小說而去犯罪的，那些狂熱模仿犯迷戀的是犯罪本身而非小說，他們就算要寫信，也只會寫給罪犯，而不是作家。」徐遙瞇了瞇眼睛，放下手，身體前傾，兩手搭在桌子上，「李警官，你也看我的小說？」

李秩握了握筆，用冷靜的聲音回答：「曾經拜讀過。」

「哦？」

徐遙發出一個挑高的音節，又一次靠在椅背上，但這次他的姿態十分放鬆，不再警惕拘謹，他歪著頭瞇著眼睛，用不知道是譏笑還是審視的目光盯著李秩。

李秩仍舊一臉淡漠，但原子筆的塑膠筆桿都被他捏得發出「吱吱」聲——他自己大概也算是徐遙的狂熱粉絲了。想起自己在他的文章下面寫過的那些長長的評論和讚美，他就恨不得在地上挖個洞鑽進去。

「李秩，你餓了嗎？先去吃飯吧。」推門而入的張藍把李秩從這個公開處刑現場拯救了出來，李秩點點頭，僵硬地站起身，離開了偵訊室。

「徐老師你好，我叫張藍，是永安警察局的隊長。剛剛那個呢，是我們的副隊長，還有點菜，稍微慌慌張張的，跟你的學生沒辦法比，還請見諒。」張藍笑瞇瞇地坐下，並不著急開始盤問，反而三言兩語地挑起了徐遙的身分。

徐遙皮笑肉不笑：「我只是普通的客座講師，而且不當講師好多年了。」

「匡堤科學院的講師可不是一般的講師。」匡堤科是美國FBI的總部所在，FBI學院也在那裡，張藍真心誠意地露出佩服的表情，他攤開一份簡歷，「徐遙，三十五歲，悅城出生，十五歲父親亡故，隨母親移民美國，大學期間主攻犯罪心理學，二十七歲被聘為匡堤科大學的講師。但五年前母親去世，隨後回國……徐老師，你這樣的經歷，難怪隨手寫一個故事就能打敗一堆網路小說。」

「我想我的履歷和你正在處理的案件沒有關係。而且，你看案發時間，前天晚上、今天早上和今天傍晚——凶手作案的速度在加快，與其在這裡跟我爭執，不如快點行動，我覺得下一次命案會發生在十二個小時之內。」徐遙皺眉，「小說都是騙人的，真實案件沒有什麼神奇的推理，你應該去找法醫跟鑑識科，別浪費時間在我身上了。」

「徐老師說得對，希望李秩那傢伙也能早日明白這個道理。」張藍現在知道為什麼徐遙的鄰居總是檢舉他了，他那渾然天成的傲慢語氣讓他說的每一句話都彷彿是嘲笑諷刺，張藍聳聳肩，「但是徐老師，你一直都在授課，不想親自體驗一下破案的過程嗎？」

徐遙搖頭：「不想。」

張藍愕然：「不想？」

徐遙說道：「小說的好處是讓你在一個完全受自己控制的情況下體驗沒有危險的險境，但真正的冒險是另外一回事，我不是那種熱衷於追求刺激的人。」

張藍本意是想看徐遙的專業知識能不能幫上忙，但對方這麼直白地拒絕，他也不好勉強。他回到辦公室，看見李秩正埋頭閱覽劉叔叔的筆錄。張藍拍了一下他的頭，他才回過神來：「隊長。」

「沒事了，讓徐遙回去吧。」張藍拍了拍李秩的肩膀，又順著肩膀替他整理外套，「天氣有點冷，開車送一下吧。」

李秩詫異地看了一下自己的儀容，沒什麼奇怪的地方啊，隊長在整理什麼？

「好的，我現在去開車。」

徐遙對於李秩送自己回家的提議感到詫異，但夜色已深，他也不想去搭捷運，於是便答應了。他上車後就抱著手臂一副沉思的樣子，李秩看過徐遙的小說，知道這是一種防禦的心理狀態，只好也保持沉默。儘管他一路上都想說點什麼來打破沉默，可是他不是一個特別會找話題的人，他乾脆打開廣播，沒想到新聞剛好播報了這件案子。

李秩連忙把頻道調到音樂電臺：「徐老師你不要誤會，我不是故意試探你的。」

「你就算下班了，也聽新聞頻道嗎？」徐遙給出了回覆，這讓李秩有點意外。

「嗯，算是一種職業病吧？」

「你最好戒掉，不然你很快就會變成新聞裡的內容。」

徐遙說罷，便把臉轉向窗外，李秩偷偷看著他，昏黃的路燈串成一條流螢般的光帶，在徐遙的側臉抹上了一道研磨過的光影。

你真的一點也不在乎嗎？死的人是劉阿姨，是一個你也熟悉的、無辜的人啊。有那麼一剎那，這個問題就要衝出李秩的喉嚨了，還好前面的紅綠燈即時轉紅，踩下剎車的時候，也剎住他心中的疑問。

文如人品什麼的，也許有時候並不一定，寫偵探小說的人不一定喜歡查案，寫正義英雄的人，也許心中也藏著黑暗。

「東西掉了。」

「嗯？」李秩還在為心中的幻想坍塌而惆悵，徐遙淡淡的一句話就飄進了他的耳朵。

「你的東西掉了。」徐遙重複了一次，並指了指他的口袋。李秩低頭一看，只見他口袋裡掉出來幾張照片，是凶案現場劉阿姨的照片。

李秩確定他沒有把照片帶走——哦，一定是張藍剛剛塞進他口袋裡的——來不及細想隊長的用意，李秩剛想彎腰把照片撿起來，但前面已經是綠燈了，他只能繼續前行。

那幾張照片，就那麼直白地躺在徐遙腳邊，彷彿一個幽怨婦人的目光，在向他求救。那甚至不是呼喊生存的機會，只是在祈求一個死後的真相。

徐遙臉上仍然沒有任何起伏，但他彎下腰，撿起照片。

彷彿為了回應那悲慟的無聲請求，他長久凝視著照片中的面容，準確地說，是眼睛的部分。

瞳孔是人能最直接反映感情的器官。喜愛讓瞳孔放大，厭惡讓瞳孔收縮；相愛的人看著彼此，眼睛是圓潤而光亮；彼此厭惡的人，卻連一眼都不想對視。

死人的瞳孔，卻是再也無法自控，就算凶手在他們眼前耀武揚威，他們也無法再移動眼珠。

難怪有人說，這就是「死不瞑目」。

「那四百塊錢，是劉阿姨讓我還給你的。」

李秩感覺到徐遙的動搖，在過去的接觸中，他認識的徐遙雖然脾氣不好、態度惡劣，但並不是一個鐵石心腸、對周遭不聞不問的人。也許是有一些他不知道的過往，阻擋著徐遙對外界敞開心扉。他現在只能試探著，希望他能為了劉阿姨而踏出一步：「可是外帶不是要多收十塊嗎？應該退你三百九十才對。」

徐遙蹙眉：「你想說什麼？」

「我知道你不想惹麻煩，但是，你能不能當作收了劉阿姨的錢，幫她查出真相？」李秩把車子緩緩停在路邊，他轉過頭，徐遙那一側靠近路燈，暖色調的光影把他的臉籠罩了起來，看起來毛茸茸的，「十元的偵探費，就當她買了你一章付費章節吧？」

「李警官，你很會搭訕吧？」

「什麼？」這突如其來的評價李秩叫了起來。

「你很會把握機會。」徐遙把那幾張照片塞回李秩的口袋，「麻煩調頭，我有東西掉了。」

「你掉了什麼？」

徐遙看了李秩一眼，鏡片下的眼睛緩慢地眨了一下：「我的委託人。」

這個轉折，如果是在網站上看小說時，李秩一定會激動得大喊一聲「耶」。但現在他只是繃緊了表情，故作深沉地點了點頭，便調轉車子回到警局。

他決定今晚多給他送一千個金幣。

張藍好像早就預料到徐遙會折返，一見李秩帶著他進來，便熱情地招呼他到寫滿線索的白板前，還讓剛剛回來的魏曉萌替他陳述案情。

李秩趁著徐遙瞭解案情，拉著張藍到一邊，問道：「是你在我口袋裡塞照片的？」

「對啊，不然靠你自己，什麼時候才能約到那位大作家？」張藍一如既往地擠眉弄眼調戲李秩，李秩只能繼續無奈。

「你想用照片刺激他，為什麼不自己給他看？」

「我給他看沒用啊，你跟他才有感情基礎。我是認真的，你們都認識死者，都吃過她煮的飯。」張藍揉了揉李秩的肚子，「沒聽過，征服一個男人的胃就征服了他的心嗎？」

「你盡量編，我去看徐老師了。」李秩默默地翻了個白眼，朝白板那邊走過去。他走到徐遙身後問道：「看出什麼了嗎？」

徐遙似乎對自己免費勞動力的狀態毫不在乎，他仔細聽著魏曉萌講解，見李秩過來，便拿起一張拍攝死者脖頸瘀痕的照片問道：「這是什麼？」

「瘀痕，死者是被掐死的。」照片上的指印痕跡更深更明顯了，李秩補充道：「至於那些紅色的圓形痕跡，我們暫時不知道是什麼，可能是凶手戴著戒指之類的物品。」

「先不管那是什麼，這種痕跡表示凶手是正面掐住死者的。」

徐遙放下照片，忽然站了起來，李秩一愣，只見徐遙已經走到他身邊，兩手掐住了他的脖子。李秩一驚，慌忙揮開他的手：「幹什麼！」

「是手指關節。」其實李秩不揮開他，徐遙也已經自行後退了一步，他在空中做了一個掐住脖子的動作，「那左右各四個的圓形瘀痕，是手指的關節。凶手應該患有會讓指關節腫大變形的疾病，比如關節炎之類的，而他能夠走到死者面前，死者也不躲開，證明他是死者認識的人，而且，凶手對死者有很深厚的感情。」

「感情？」李秩不解，「凶手認識死者，這我懂，可是為什麼凶手會對死者有深厚的感情？」

「殺死一個人的方式有很多種，可以用刀、用重物，就算勒死，找一根繩子或電線作為工具，也比用手掐死容易得多。用手掐死一個人不僅需要很大的力氣，而且會跟死者發生緊密的肢體觸碰，這是一種親密的殺人方式。」徐遙說道，「可能是深厚的愛意，也可能是深厚的恨意。」

在一旁聽著的張藍也跟李秩一樣皺著眉頭思考，此時，一個員警打電話進來：「隊長，在捷運輪椅上的死者，有人來認屍了。」

「終於有人來了。」張藍拍拍李秩，「你帶人去認屍吧。」

「好……」

儘管警察是最拚命追查真凶的人，但很多時候，他們並不擅長處理那些悲傷的家屬。張藍每次都推別人去，這次他卻選擇相對木訥的李秩而不是機靈乖巧的魏曉萌，似乎有什麼考量。

但李秩體會不到這種細微的變化，他為難了幾秒鐘，便走向那位忐忑不安的家屬，帶領他走向那道冰冷的門。

來認屍的是一個年約五十歲的男人，名叫「洪優」。李秩第一眼看見他就覺得他和劉叔叔很像。穿著樸素簡單，為了方便工作，衣服是厚實耐髒的款式，全身上下散發著勤懇老實的感覺。而此時他臉上的神情也是李秩熟悉的，是在悲慟之中仍然抱有一點「也許不是」的希望。

但在拉開冰櫃，死者面容呈現出來時，一切都變成了真實。洪優愣愣地站了半晌，直到張紅第三次問到「這是你的老婆嗎」，他才點了點頭，毫無預警地大哭起來。

李秩扶他到走廊的椅子上坐下：「洪先生，請你節哀，我們一定會抓住凶手的。」

洪優一邊哭一邊呢喃：「怎麼會是阿蘭，怎麼會是阿蘭……為什麼是她，為什麼……」

在遭遇橫禍之時，很多人第一時間會想「為什麼」，但有時候李秩也無法給出答案。也許在變成冰冷的屍體之前，她們也跟平常一樣上班下班，照顧家庭，計畫著什麼時候和家人出去玩，夢想著將來的日子。

可是她們遇到了凶手，在凶手看見她們的時候，她們的人生就被強制畫下了句點。沒有什麼特殊的原因，就好像在那個時間那個地點出現，便是唯一的理由。

而李秩能夠做到的，只有抓住凶手，讓他再也不能出現在監獄以外的地方，再也不能接觸無辜的人們。

「為什麼你現在才來？」李秩給了洪優一點時間平復心情，才開始詢問案情，「洪蘭失蹤一整天了。」

「我、我有聽到新聞，可是她穿的衣服不是這樣的，我沒想到是她……直到今天看到新聞上的照片，我才知道。」洪優忍不住握緊拳頭，「阿蘭怎麼捨得買那麼貴的衣服……我一直跟她說我們現在有一點積蓄了，可以幫自己買一套好看的衣服，但她不捨得，她甚至沒有穿過高跟鞋……」

嗯？

李秩皺眉，他安慰了洪優一會，才返回辦公大廳。一進門便看見徐遙跟張藍隔著一張桌子對視，氣氛沉重。

李秩走過去隔斷了兩人的視線：「隊長，徐老師，認出來了，死者叫洪蘭，是那個男人的老婆。洪優是計程車司機，今天一整天都在開車載客，他聽到了尋人新聞，但因為衣著描述不符，沒想到是自己的老婆，直到下班看到電視，才趕了過來。」

「衣著不符？」張藍的語氣並不是意外，而是驚訝，他看著徐遙說道，「真的如你所說，凶手幫死者打扮過？」

李秩一愣，對徐遙問道：「剛剛你看著劉阿姨的照片，是因為你發現她穿的衣服不同？」

「我今天沒有見過劉阿姨，但這種風格不像她，哪怕是為了慶祝結婚紀念日，她也不會穿高跟鞋和西裝裙的。」徐遙摸著下唇，他看了看張藍，又看了看李秩，「接下來我要說的，就是所謂的『罪犯側寫（Offender Profiling）』，這只是根據我的知識和經驗得出的結論，你們可以參考，但我希望你們不要因此而放棄其他可能性。」

張藍笑了笑，一臉「放馬過來」的囂張表情：「說吧，讓我們參考參考。」

「凶手替她們穿上好看的衣服，但沒有遮擋她們的臉，甚至幫她們化了妝，所以並不是出於殺害她們的愧疚；掐死是一種親密型的謀殺方式，凶手覺得自己和死者是友好的關係，他甚至覺得自己在做一件好事。」徐遙的語速慢慢加快，總是懶散無辜的眼睛逐漸散發出專業領域的驕傲神采，「凶手是一個長期和年長女性居住在一起的男人，那位年長的女性應該有相貌缺陷，因此被嘲笑，所以凶手會替死者化妝，讓她們變得漂亮；由於生活艱苦，她經常灌輸凶手要讓她過上優渥生活的想法，但凶手沒有做到。而最近發生了一些對他產生重大改變的事情，比如失業、失戀或這名年長女性罹患絕症，因此刺激到他，讓他覺得自己能為她做的、最好的事就只有體面地送她離開。我們要找的凶手，平常給人孝順溫和的印象，但卻沒有人敢惹他；他在工作上只是個小人物，性質偏向會計、出納、軟體工程師、資料分析師、作家、畫家等不需要跟人群有太多接觸的工作，我建議你們從居民中篩選和年長女性單獨生活的中年男性，不止是媽媽，婆婆、奶奶甚至姑媽、阿姨等等都有可能。」

李秩已經低頭做筆記，張藍卻拋出了一個問題：「為什麼方小燕和洪蘭化了妝，而劉淑美卻沒有呢？」

「說明他殺死劉淑美的時候比較匆忙，沒有時間替她化妝……不，不對，這不符合他的作案方式。」徐遙皺了皺眉，「劉淑美可能並不是他的目標，或者他沒有打算此時就將她殺害，是有什麼意外發生，迫使他立刻動手……」

「應該是劉叔叔說的，他們打算出門旅遊，慶祝結婚紀念日。他們離開悅城的話，凶手就無法下手了。」李秩道，「也就是說，凶手應該是知道這件事的人——我去問劉叔叔，看他跟誰說過這件事。」

「嗯，你去吧。」張藍卻沒有舒展眉頭，他不太能接受這個解釋，但也沒有頭緒反駁，「徐老師，謝謝你的協助，接下來的事情交給我們吧，我多餘地提醒一句，請不要向外人透露案情細節。」

「當然不會。」徐遙起身，看向李秩，「李警官，這次真的要麻煩你送我回家了。」

「好的。」

看似一臉冷漠的李秩，心裡想的卻是「求之不得」。

車子在徐遙住的公寓樓下停住，李秩幫他打開車門：「徐老師晚安。」

「嗯。」徐遙說著，轉身就去開樓梯的電燈。

「咦？」李秩詫異地看著亮起來的樓梯間——不對，七樓怎麼還是黑的？

「徐老師，樓梯的電線還沒修好？」

「樓梯的電線沒有問題，七樓是因為燈泡被人踢破了才會那麼黑的。」徐遙皺眉，「你為什麼會覺得電線有問題？」

李秩一愣，對啊，他為什麼會認為是電線的問題，他明明就看見了燈泡碎片……

「水電工。」

「嗯？」

「我今天從這裡離開的時候，在樓下撞到了一個水電工，所以覺得他是來修電線的。」李秩覺得自己發現了一個切入點，兩眼都發出光芒，「我去找通話紀錄，看哪一間住戶今天打過電話，如果沒有人找水電工，那就代表那個人是假冒的，很有可能就是凶手。」

李秩像一輛轉緊了發條的小火車，徐遙連忙在他轉身跑走之前抓住他的手臂：「你等一下。」

「哦，你還想起什麼了嗎？」李秩馬上拿出筆記本，「你說吧。」

「不是，你現在去找管理員，管理員也下班了。」

「你不是說過凶手的作案時間會越來越快嗎？我等不了了。」李秩翻了一下筆記，「你說在十二個小時之內……」

「那是我不知道他的作案方式推測的，從劉阿姨身上可以看出來，他的節奏被打亂了，應該會暫停計畫，直到他找到下一個可以完美展示他識別標誌的機會，他應該不會再動手，至少，在警察高度戒備時不會。」

「識別標誌？」李秩想了想，「我記得，你在小說裡解釋過，那是罪犯的簽名。」

「你也可以這麼理解。」徐遙蹙著眉頭，向著李秩的筆記本微抬下巴，「一般人不會這樣做吧？」

「我們警察會，有時候案件太多，不記下來會很混亂……」

「我是說，一般警察不會把一個普通市民的推測一字不漏地記下來吧？」徐遙瞥了一眼李秩筆記本上滿滿的文字，「你是我的書迷？」

「額……我是看過你寫的書……」其實直接承認也沒什麼大不了，但李秩一想起自己因為徐遙而苦不堪言的過往，想起自己曾經苦口婆心地勸導他敦親睦鄰的重要性，想起自己熬夜加班寫的那些啼笑皆非的調解紀錄，就無法熱情洋溢興奮雀躍地承認「我是你的粉絲」了。

「如果那個水電工真的是假冒的，你打算怎麼找到他？」還好徐遙沒有追問下去。

「我們可以調閱附近的監視器……」

「這個社區比你老多了，監視器只是擺設。」徐遙道，「回去睡覺吧，現在查不到什麼，明天再去吧。」

李秩有點訝異，他認識徐遙這麼久，還是第一次看見他對別人表現出「關心」的態度：「徐老師，我強迫你參與這個案子，你是不是不太開心？」

「是你明顯勞累過度，這樣的形象不利於你搜證。」徐遙不知道從哪裡拿出一個十元硬幣，「我收了錢，自然要把跟案子有關的方方面面都顧及。」

「嗯，我會去休息的。」在向電信公司調查完非管理員提供的水電工電話以後，李秩想。

徐遙好像也猜到他不會那麼容易被說服，他搖了搖頭，轉身走上樓梯。

看著徐遙消失在樓梯轉角，李秩才回到車子裡，他看了看後照鏡，正好映照著案發的四棟門口。那門口也是漆黑一片，即使有監視器也拍不到什麼畫面。

這麼老舊的社區，這麼高的樓層，徐遙的收入應該不低，為什麼不選擇搬去舒適一點的社區呢？

這時，一輛黑色小轎車開了過來，李秩以為自己占了別人的車位，正想開走，卻見車門打開，走出一對夫妻模樣的男女。他們下了車，打開手機的手電筒照著地面，低頭彎腰，似乎在找什麼東西。

李秩隱約聽見男人的埋怨：「算了算了，不就是一對耳環，我買新的給妳，快走吧，要趕不上聚餐了。」

「那是鑽石的，你以為是平常那些水晶嗎？」

「妳戴那麼貴重的耳環幹嘛？」

「還不是不想讓你那些同學覺得你過得不好！」

「管理委員會那群人就知道偷懶，修個路燈都拖了半年，我一定要檢舉他們！」

「你連管理費都不交，還好意思檢舉人家！」

「妳到底鬧夠了沒有！」

家家有本難念的經，眼看兩人已經從丟東西吵到了日常瑣事，李秩覺得自己也幫不上忙，他發動車子準備離開，但是「失物」「水晶」「鑽石」「管理委員會」這幾個詞卻在他腦海裡不停打轉——

調查。

李秩猛踩剎車，那個穿著水電工衣服的男人，是去調查做案地點的。

「喂？」

「隊長。」李秩一邊開車趕回秀麗花園，一邊撥通了張藍的電話，「我知道第三起案件的案發現場在哪裡了。」

「你說什麼？」張藍的聲音都提高了。

「我下午看到一個水電工打扮的人在秀麗花園三棟進出，可是我剛剛送徐老師回家，發現七樓壞掉的電燈根本沒有修好，而且這個社區的管理委員會根本沒有在運作，證明那個人不是真的水電工。他應該是去調查做案地點的凶手，在尋找社區裡最適合下手地點。三棟的七樓漆黑一片，他一定會選擇那裡。」

「可是他為什麼把死者轉移到了四棟？」

「徐老師說過，凶手應該有關節炎，劉叔叔的腿不好，平常粗重的工作都是劉阿姨做的，力氣比一般的女性更大，凶手沒有預料到劉阿姨的反抗強度，一定是遺落了什麼關鍵證據，而那裡又那麼黑，沒有燈光實在很難找到，凶手迫不得已才轉移地點。」李秩道，「這也說明了為什麼第三起案件的犯罪簽名不完整，因為凶手要轉移被害者，所以時間不夠充足。」

「我馬上帶人過來，果然偶像使人進步啊。」

「啊？」

猝不及防被揶揄了一把，李秩還沒來得及反駁就被掛了電話。他抓了抓耳朵，這才發現自己的臉頰有點發燙。

封鎖線拉起，漆黑的樓梯間裡也架起臨時的照明燈架，張藍指揮著大家尋找證據，還不忘讓李秩和魏曉萌去安撫居民，查問是否有人看過那個可疑人物。

這一陣動靜，就算沒有特意通知，徐遙也從七〇二室裡探出了頭。

「李警官，你們怎麼又回來了？」

徐遙大概是準備睡了，換上了白色的棉質睡衣，淺栗紅色的腦袋毛茸茸地翹起了幾根頭髮，李秩忍著幫他整理頭髮的衝動，跟他說了自己的推測。

「徐老師，你覺得我說的對嗎？」李秩有點忐忑地看著徐遙，要是他推測錯誤，丟臉事小，讓大家白忙一場也不算嚴重，耽誤了調查進度才是大事。

「嗯。」徐遙只是發出模稜兩可的音調，眼鏡隨著他垂首沉思滑到了鼻梁上。

李秩忽然覺得他有點陌生。

不是那個他崇拜欽佩的、隱匿在文字後的作家，也不是那個專業精通讓他茅塞頓開的老師，甚至不是那個專門製造鄰居問題的麻煩住戶。

這感覺一閃而逝，很快就被新的發現蓋過去了。

「隊長，找到管理處的人，他說今天沒有打電話叫水電工。」

「隊長，七〇三室鎖上了，沒有人應門。」

「那邊沒人住。」徐遙道，「我從來沒見過有人進出。」

你都不出門，當然看不見人。李秩在心裡默默吐槽。

「不對，肯定有人。」張藍掃視了一下七〇三的門，門上積灰很重，但門鎖卻十分乾淨，「拉開距離，我們破門。」

「是。」

一群人馬上一字排開，李秩把徐遙往七〇二裡推：「徐老師你先回家，可能會有危險。」

徐遙依舊蹙眉，但也配合地退回門後。

年久失修的木門輕易就被踹開了，揚起的灰塵讓眾人捂住口鼻，張藍指揮眾人，招手讓人把手電筒打開。

老舊殘破的房間裡散發出潮濕的氣味，已經殘破不堪的傢俱凌亂地散落一地，地板厚厚的積灰上，清晰地出現了大量的腳印和拖拽的痕跡。

「鑑識科。」張藍向後方大聲呼喊。

徐遙在聽見這聲呼喊後，眼裡的疑惑終於變成了確切的擔憂，他嘆了口氣，默默地關上門，窩進了被窩裡。

抓緊時間睡覺吧，天一亮他就沒時間休息了。

清晨的陽光帶著僵硬的薄藍色，悅城永安區警察局又度過了一個不眠夜。

「來了來了，新鮮豆漿和肉包，快吃吧。」

張藍提著一大袋的早餐跑進門，眾人便從趴在桌子上小憩的喪屍瞬間變成掙扎前進的行屍，三把兩下就把早餐瓜分完畢。

畢竟吃完早餐，中餐就不知道是什麼時候了。

「隊長，鑑識報告出來了。」魏曉萌不愧是剛剛畢業的年輕人，熬了一整個晚上還活蹦亂跳的，她那廣播一般的語調「答答答」地替大家整理重點，「在七〇三發現的痕跡，鑑定出劉淑美是在門口被強行拖進屋內，在客廳被掐死。客廳裡發現了大量的掙扎痕跡，而且在地上的碎木屑裡發現了劉淑美的皮屑，現場的傢俱都十分破爛，應該是她掙扎的時候用什麼東西攻擊凶手而留下的。」

「有沒有找到凶手的ＤＮＡ？」

「目前沒有。」

「那個東西應該被凶手帶走了。」李秩一邊看著報告一邊說道，「他連屍體都轉移了，不可能不帶走接他觸過的物品。」

「副隊長說的對，但還發現了一樣物品，是一個襯衫鈕釦，應該是掙扎時扯下來的，上面還有線頭，如果衣物纖維吻合，就可以肯定誰是凶手了。」魏曉萌十分興奮，的確，這是第一件真正和凶手有關聯的證物，難怪她會如此雀躍。

「那也要找到衣服進行比對啊。」張藍拿報告拍了拍魏曉萌的頭頂，「去找吧。」

被潑了一盆冷水的魏曉萌無奈地「喔」了一聲。李秩皺了皺眉：「找衣服？我們去哪裡找衣服？」

「秀麗花園三棟七〇二。」張藍瞥了李秩一眼，「我現在把徐遙列為重點嫌疑人。」

這句話讓李秩向來極強的表情管理能力徹底失效，驀然地瞪大了雙眼。

張藍連搜索令都沒有就帶人到徐遙的住處搜查，李秩以為按照徐遙的個性，肯定會冷著一張臉不配合，搞不好還會去警局投訴。然而從打開門的那一刻起，徐遙就表現得特別冷靜，一副早有準備的模樣，讓李秩壓在心裡的陌生感又湧了上來。

「你這麼鎮定，看來那件襯衫一定已經被處理掉了。」

張藍站在客廳中間環視四周，徐遙淡定地坐在沙發上喝咖啡，一點回應的意思都沒有。

「徐老師，如果你還有什麼建議的話，請你說清楚吧。」李秩當然不相信徐遙是凶手，但他也不能大庭廣眾和張藍唱反調，「以前我們也產生過很多誤會，但說清楚就好了，這樣也可以避免耽誤你的時間。」

這句話倒是讓徐遙想起李秩愁眉苦臉幫他處理鄰居檢舉的日子。他抬頭看著站在落地窗前的青年，當初那個剃著板寸的小員警，現在已經是警察局的副隊長了，這種時光荏苒的感慨喚醒了他作為一名老師的些許良心和溫柔：「昨天你們找到七〇三的時候，我就知道張隊長一定會懷疑我，會更加仔細調查我的身分背景，然後他就會發現我和我側寫的犯人相當吻合，所以我就在這裡等了。就這樣。」

李秩大為震驚：「你怎麼會符合側寫？」

「和母親單獨生活，網路小說作家，人際關係不好，而且母親有容貌缺陷。」張藍拿出一份李秩沒見過的調查報告，「十年前，你的母親在車禍中毀容，五年前她死於整容所引起的併發症，這跟你的側寫完全吻合。」

「那已經是五年前的事了，激發事件肯定是在第一次作案時間附近，十年或五年這個時間段距離太久，沒有凶手會在十年前受到刺激，十年後才去殺人。」徐遙道，「張隊長，你們真的是在浪費時間。」

「我們知道的第一次作案是十月十五日，但不代表這是你的第一次作案，而你在美國的動向就更難追查了。」

「你可以保持懷疑，我只是為那些死去的人感到著急。」徐遙嗤之以鼻，連反駁都沒有，他環抱雙手，躺進了沙發中。

眼看兩人僵持，李秩習慣性地開始調解，他一邊說著「隊長我有事彙報」，一邊拉著張藍到陽臺上去：「隊長，我想去找一下社區管理的辦公室。」

「昨晚不是已經跟負責人核對過沒有人打電話叫水電工嗎？」張藍道，「而且負責人也說了，這個社區的監視器早已損壞，根本調不到監視畫面。」

「但我總感覺在徐老師身上找不到什麼，我還是去一趟吧。」

「行，不去一次你是不會死心的，但是李秩，不要讓私人感情干擾了你的工作。」

「隊長，你到底怎麼了？」李秩皺眉，「從你知道徐老師開始，就一直針對他，也針對我……我就算了，可是徐老師到底做了什麼，你為什麼會懷疑他？」

張藍張了張嘴，竟什麼話都沒有說出來，他乾咳兩聲，換上前輩的疼愛微笑：「想什麼呢，藍哥怎麼會針對你？」

「是不是我爸對你說了什麼？」李秩的臉色一下子變得冰冷，「麻煩你跟他說，退休的人就好好休息，不要再對我，也不要再對你指手畫腳。你叫他一聲師父是尊敬他，可是我叫他爸只是因為身上流著他的血罷了。」

李秩在張藍面前一直都是謙虛認真的後輩，李秩甚至對他有深厚的、被哥哥照顧般的感情，但話題一旦涉及李秩的父親，也就是張藍的師父李泓，李秩的態度就會從綠洲變成冰河。張藍起初還會試著開導，言語也比較謹慎，但近年晉升隊長，忙碌的生活讓他忽略了李秩的雷區。

「好好的幹嘛說這種話？你是不是睡眠不足，脾氣這麼差。」張藍放下姿態，拍了拍他的肩膀安撫道，「好了好了，不是說要去查社區管理嗎？走走走，藍哥親自當你的司機。」

李秩還是陰沉著一張臉，但張藍已經拉著他往外走，李秩匆匆看了一眼徐遙，對方卻連眼皮都沒抬起來看他們一下。

秀麗花園所在的那一片老舊社區，房地產公司早已退出經營，全靠幾個退休在家、還想發揮餘熱的老人，憑藉著和街坊鄰居的關係，勉強組織了「社區管理委員會」。辦公室的地址也不在社區附近，而是在距離社區兩站捷運的江東商場地下一樓停車場，廢棄員工餐廳的旁邊。

這個地點可以說是十分陰暗隱蔽，但李秩和張藍本來就是開車過來，反而可以直接停車步行過去。不到一分鐘的時間，他們就來到門口，一個穿著襯衫的中年男子已經站在門口等待他們。

「兩位警官好。」中年男子主動向他們鞠躬問好。他就是接電話的社區管理委員會的辦公人員，名字叫「梁同輝」。他兩手縮在袖子裡，微微聳著肩，看起來有點緊張，「該說的我在電話裡都說了……」

「哦，不用緊張，我們只是隨便看看。」張藍手伸到半空中，但見對方一鞠躬，只能把手收了回去，「我們只是看一看。」

「辦公室很小，一眼就能看完了。」

梁同輝的話沒有誇張，他轉過身開門，門是極其簡陋的薄木板門，門鎖也鬆鬆垮垮的，門外的防盜欄杆鏽跡斑斑，看起來應該只是擺設，可見這個所謂的「社區管理委員會」經費預算有多麼不足。梁同輝帶兩人走進辦公室，辦公室的確不大，十平方公尺左右的方形格局，只放了一張辦公桌和檔案櫃，連電腦都沒有，桌上只有一臺室內電話。

「這裡本來是隔壁餐廳的倉庫，但餐廳的外包廠商沒有談妥，暫時關閉了，倉庫也沒用，我們就租下來當作辦公室……兩位請喝水。」

「謝謝。」

梁同輝指了指桌子上的兩瓶礦泉水，張藍道了謝，順手遞一瓶給李秩。他趁機向他使了個眼色，李秩會意，假裝喝水，卻悄悄打量起檔案櫃裡的東西。

「你是這裡的正職嗎？」張藍拉著梁同輝走到另一邊，分散他的注意力，「只有你一個員工？」

「我其實是兼職，秀麗花園大部分的房子都租出去了，房客也不關心社區福利，很少需要管理委員會處理的事情。除了年末幾位資深主管想舉辦聚餐，基本上沒有人會找委員會。」

「那請問你的正職是什麼？」張藍留意到辦公桌上有一本紅黑封面的本子，一眼就能認出是會計專用的帳本，「你是會計？」

「嗯，我平常會幫鄰居做一下會計的工作，他們年紀大了，數字看不清楚……」

「啊。」梁同輝話還沒說完，李秩忽然從後面撞了上來，潑了他一褲子水，「對不起對不起！」

李秩一邊道歉，一邊手忙腳亂地拿衛生紙幫他擦拭，但梁同輝好像很討厭被人觸碰，伸出手阻攔：「沒關係，我自己來就好。」

「梁先生，你有關節炎嗎？」李秩一把抓住他從袖子裡伸出來的手，那雙手乾瘦枯黃，但十指關節卻明顯地腫大，李秩稍稍用力抓握，都是結實的骨節，不像普通瘀腫那種軟軟的組織，「應該很痛吧？」

「沒有，職業病，腱鞘炎。」梁同輝用力拉回自己的手，他彷彿察覺到李秩的敵意，卻毫不在乎，他拿起帳本遞給張藍，「都是一些普通人，絕對沒有逃漏稅。」

張藍笑了笑，把帳本推回去：「這個不歸我們管，我也看不懂。」

「喔，那我真的沒有什麼資訊可以提供了。」梁同輝搖搖頭，語氣裡沒有幸災樂禍，反而是真心的祝願，「希望死者們可以安息吧。」

「嗯，我有預感這個日子很快就會到來。」張藍和李秩已然心中明瞭，梁同輝知道自己被懷疑了，但他也同樣知道他們手中並沒有確鑿的證據，最多只能短暫拘留。而根據徐遙的心理側寫，凶手是十分細心的專業領域從業人員，不管拘留多久都不會有證據憑空出現的。

李秩踏出門口的時候忍不住回頭看了梁同輝一眼。這張普通的、淹沒在人群裡就找不出來的臉，掛著最常見的疲憊神情，連眼神也顯得呆板木訥，為什麼這樣溫順的人，心中竟然藏著這樣凶殘的野獸？

梁同輝也在看李秩，忽然朝他笑了一下，他褲子上沾染著一塊水跡，讓這個笑容更加詭異嚇人——

自豪。

李秩猛地明白為什麼梁同輝的眼神會讓他心生寒意，原來是他眼中那滿溢而出的自豪。那並不是向警方炫耀自己比他們優秀，認為自己可以逍遙法外的自豪，而是覺得自己做了好事，值得讓所有人讚揚的自豪。

張藍一離開就打電話到局裡：「馬上調查一下劉家小吃，他們帳目是不是委託社區管理那個會計做的，還有查一查梁同輝的住址和家庭成員，李秩你盯著他，別讓他跑了，我帶人去搜查……」

「他不會跑的。」李秩收回視線，語氣淡漠而肯定。

他不會跑的。

誰會願意錯過自己的頒獎典禮呢？

「無論如何，都盯著他。我去搜查他的住處，一找到證據，馬上帶走。」

「……知道了，隊長。」

仍待在徐遙家的、一個四五年資歷的男性警員接到了張藍的電話，便讓大家收隊回去，徐遙皺著眉頭，看了看那人的警員證——上面寫著「王俊麟」——問道：「王警官，你們隊長有什麼發現嗎？」

「有也不關你的事……喂？」王俊麟不耐煩地回答，手機又再次響起，「副隊長，嗯……好的，我會帶他回來的。」王俊麟唯唯諾諾地答應了電話那頭的要求，對徐遙的語氣也恭敬起來，「徐老師，副隊長說請你跟我們回去局裡一趟，有事情要向你請教。」

徐遙極度不解，為什麼張藍忽然排除了他的嫌疑，難道他們已經找到比他更符合側寫的人？

就目前的範圍來說，比他更符合側寫的人幾乎可以肯定就是凶手了。可是，既然如此為什麼不將人逮捕偵訊，還要麻煩他去警局一趟？

只可能是因為他們並沒有確鑿的證據，所以只能找他商量了。

等等，那些死者只是對凶手來說極其重要的女性長輩的替身，如果此時他察覺到自己已經被警察盯上，他一定會把她殺死，不然就沒機會了。

「電話給我！」徐遙顧不上禮貌，幾乎是用搶的把王俊麟的手機拿了過來，直接回撥李秩的手機，「我是徐遙，無論現在的嫌疑人是誰，都要看著他！不是監視，要限制他的人身自由！」

徐遙呵斥般的命令讓李秩愣了一下：「我覺得他應該不會逃走……」

「他不會逃走，但他必須完成最後的任務！」徐遙語氣很急，「他最終目標是他的女性長輩，現在你們找到兇手，他一定會對她下手的！」

「我就在門口守著，他逃不了……」

「進去看著他！」徐遙幾乎是用罵的，「別讓他離開你的視線！」

「是！」李秩不敢怠慢，轉頭要打開辦公室的門，卻發現門從裡面反鎖了。

李秩抬腳把門踹開，可是辦公室裡卻空無一人！

他愣住了，這個小房間連窗戶都沒有，梁同輝是怎麼不見的？

那本帳本依舊放在桌面，李秩猛然回頭，視線落在那個比人還高的檔案櫃上。

他正準備用力移開櫃子，卻發現櫃子裡的檔案都是空殼，連櫃子本身也只是輕薄的鐵片製成，很容易就能推開。

櫃子後方，有一個約一人高的暗門。

對了，這裡本來是員工餐廳的倉庫，有相連的側門也是正常的。

李秩猛拍一下頭，暗罵自己太蠢了，手機裡傳來徐遙大聲的詢問：「怎麼回事？什麼聲音？」

「他逃走了。」李秩穿過那道暗門，來到一個漆黑的偌大餐廳。現在餐廳沒有營業，門上還掛著兩把防盜鎖，並不能通往外面，「奇怪，他怎麼……啊！」

一陣風聲劃過，李秩憑本能往右一閃，棍子砸在了他的右肩上，李秩手臂一麻，整個人踉蹌了一下。手機落地，儘管仍能聽見徐遙焦急的聲音，但李秩卻無暇理會，他就地翻滾，躲開朝他頭部而來的第二次攻擊。梁同輝並沒有逃出去，他只是躲在黑暗中，引誘李秩進來，他逼退李秩之後便不再糾纏，「唰」的一聲便鑽了出去。

辦公室的門鎖已經壞了，但那道生鏽的柵欄居然還能動，李秩往前一撲，卻仍晚了一步，柵欄砰地關上，梁同輝用鎖鍊把李秩關在辦公室中，快步跑向一部小貨車，開車逃離。

「可惡！」李秩踹了那道柵欄好幾腳，卻怎麼都踹不開，他只能跑回去撿起手機向徐遙求救，「徐老師，他逃走了，現在該怎麼辦？」

「馬上去查他那個女性長輩的地址，派人保護她。」

「我馬上打給隊長。」

「等一下。」

「還有什麼嗎？」

「你在哪裡？」徐遙沒好氣地問道，「還是你要自己打一一〇讓別人來救你？」

「喔……我在江東商場地下一樓，員工餐廳隔壁的一個小辦公室。」

還好隔著電話，不然李秩滿臉通紅的樣子應該會被徐遙取笑到天荒地老。

若說秀麗花園是悅城最早的現代建築，那和它隔了兩條街，秀麗市場旁邊圍繞的磚瓦房屋，便是這裡最悠久的歷史氣息。世世代代延續傳承的街坊鄰里，彼此不是親人，卻多多少少知道對方家裡的故事。

臨近中午，市場裡十分熱鬧，買菜只是表面上的任務，家常閒聊才是最重要的事情。叔叔阿姨三三兩兩圍聚在一起，閒聊的聲音既庸俗又吵雜，卻也熱鬧又讓人安心。

但梁巧心被這個群體排斥了，她已經坐在輪椅上一個多月，雙腿瘦得只剩骨頭：「阿輝，開一下窗戶，屋裡好悶。」

「阿姨，妳先披上衣服，我再開窗戶，今天有風，別涼著了。」梁同輝跟往常無異，趕在用餐時間回家，為撫養他長大的阿姨梁巧心準備午餐，「今天吃空心菜炒牛肉。」

「牛肉？」悵然凝視窗外的視線猛然收回，哀愁的神情也瞬間變得嚴苛，梁巧心用力地拍打著輪椅的把手，聲音提高了好幾度，「牛肉這麼毒，你想讓我早點死嗎？也對，以免連累你找女朋友。」

梁同輝皺眉：「我哪有女朋友？」

「你還騙我，賣魚的老闆說看見你買新衣服了，而且還不便宜，要好幾千塊。」梁巧心冷哼了一下，「阿姨是怎麼教你的？做人要勤儉節約，阿姨這輩子最貴的衣服就是結婚那天穿的旗袍。但你十歲生了大病一場，為了看醫生，我把它當了，之後就沒有買超過一千塊錢的衣服。討女朋友歡心不是不可以，但你也要考慮一下經濟情況啊，這幾千塊的衣服……」

重複了無數次的往事又再次被提起，梁巧心彷彿不用呼吸，一口氣細數她這些年來的苦楚，甚至連當時參與其中的每一個人所說的每一句話，都自以為正確地複述了一遍。說到最後，她已經被痛苦淹沒，幾近飲泣。

梁同輝顯然習以為常，他甚至沒有打斷她沉浸在回憶中。但他也沒有走神，神情顯得十分專注，偶爾還會回應一句「妳辛苦了」「都是為了我」之類的話，好像真的把她的每一句話都放在心裡。

接近十五分鐘的情緒崩潰終於止住了，梁巧心擦著眼淚，梁同輝一邊拍著她的背，一邊遞上水杯。

梁巧心一口氣喝了半杯，好像終於緩了過來，又繼續開始說起梁同輝小時候被欺負，自己是怎麼安慰他的。

「嗯，都是我的錯，是我太儒弱了。」

都是我的錯……

都是我不好……

都怪我儒弱……

都怪我不爭氣……

「阿姨，我把午餐加熱一下，妳先睡一會吧。」

梁巧心好像也說累了，聲音越來越小，她揉了揉眼睛，彷彿敘述這些過去耗盡了她所有力氣。梁同輝輕輕攬過她的肩膀，柔聲安撫：「加熱好了我再叫妳。」

「餓著肚子怎麼睡得著……你們這些年輕人……太不重視飲食了……」

儘管梁巧心並不滿意梁同輝的提議，但疲憊的身體卻只能屈服，她渾濁的眼睛終於閉起，乾癟的嘴唇緩緩停止開合，安靜地倚靠在輪椅上。

阿姨，對不起，都是我害妳這麼辛苦，都怪我太儒弱，不敢離開妳生活，現在我終於鼓起勇氣為妳結束痛苦，妳終於可以好好休息了。

我是不是終於做了一件對的事情？

張藍逮捕梁同輝的時候，他那平靜祥和的表情讓他差點以為自己抓錯人了。梁同輝就在那間老舊的屋子裡，專心地為躺在床上已經斷氣的女人化妝，她穿著一件火紅色的旗袍，宛如即將出嫁的新娘。

「梁同輝……」

張藍剛走過去，梁同輝已經轉過身來，順從地把手抬了起來：「是我做的，那三名女性都是我殺的。」

這種狀況連平時能言善道的張藍都不知做何反應，他只能對其他員警說了一聲「帶走」，便開始安排現場調查。

「隊長，這個人應該就是梁巧心，她是梁同輝的阿姨，梁同輝的父母車禍過世後，她就負責照顧他。但她的老公，也就是梁同輝的姨丈不滿意，加上梁巧心一直沒有生孩子，三年後他們就離婚了。」王俊麟從局裡拿了資料趕來和張藍會合，「離婚以後鄰居說她把全部心思都放在養育孩子上，有時候甚至太過緊張，不過梁同輝是個不錯的人，經常幫忙大家……」

「不錯的人？」張藍失笑。有時候他覺得街坊鄰居的陳述比案件本身還要荒謬，無論如何罪大惡極的人，無論是殺人還是強姦，只要沒有迫害自身利益，在他們眼中都是「不錯的人」。他把王俊麟手上的檔案拍在他的胸口：「李秩呢？」

「副隊長受了點傷，沒什麼大礙，已經在局裡準備偵訊犯人了。」王俊麟想了想，「徐遙也一起帶回去了。」

「嗯？」張藍皺眉，那個傢伙該不會要他道歉吧？「嫌犯都承認了，還叫徐遙幹嘛？」

「副隊長說，他還有搞不清楚的地方。」王俊麟說著，搖了搖頭，「這種變態的心理，又怎麼會是我們正常人能理解的呢？」

梁同輝安安靜靜地坐在偵訊室裡，他靠著椅背，蹺著二郎腿，銬住的手放鬆地搭在膝蓋上。從他的神情看不出一絲一毫的驚慌，也沒有連環殺手成功引起關注的得意，他就那麼坐著，好像坐在那個不見天日的辦公室裡，計算著那些店家的帳目一樣。

李秩在偵訊室另一邊，隔著單向玻璃目不轉睛地看著梁同輝。他手裡拿著完整的筆錄，他對自己所犯的罪行供認不諱，交代得非常詳細，沒有隱瞞，也沒有反省，總之，這是一份足以讓法院判處他死刑的自白。

但李秩還是覺得自己遺漏了什麼。他閉上眼睛，在腦海裡重複播放各種證據，試圖理解梁同輝的想法。那些受害者都是生活艱苦的女性，她們的老公子女都跟梁同輝一樣，沒有能力賺大錢，沒有能力讓她們過上舒適寬裕的生活。

不對，那他是怎麼選定受害者的呢？

雖然李秩並不認識其他兩個受害者，但是認識劉阿姨的人都不覺得她是個被不思進取的老公壓迫的悲慘女性。

李秩走進偵訊室，把三名受害者的照片丟在桌子上：「你說你認識她們是因為你幫她們處理賬務，但你又憑什麼判斷她們現在的生活是否辛苦？就算她們有什麼委屈，難道她們會向一個兼職會計訴苦？你還隱瞞了什麼？」

梁同輝沒有看照片，他看著微慍的李秩，慢慢展開一個溫和的笑容：「李警官，人會說謊，但數字不會。換成是你，沒日沒夜辛苦工作，一年卻只賺不到十萬塊錢，甚至只能剛好攤平支出，這樣年復一年，你也會想換工作吧？但她們不能，因為她們有一個廢物老公。

「方曉燕，從事服裝批發，開設的網路商店很有名氣，正準備找人投資，但她老公懷疑她跟投資人有姦情，不肯讓她繼續工作，最後連網路商店都關了，要跟他一起回鄉下。

「洪蘭，嫁給洪優之前，明明說好繼續工作，但嫁給他、生了孩子以後，他說等小孩上幼稚園再說；小孩上幼稚園了，又說小孩升上小學是重要的轉捩點，必須有人照顧。然後小學六年讀完了，孩子在寄宿學校上學，洪優的媽媽卻病倒了，他說他來養家妳負責照顧家庭就好。養家？市面上最便宜的保姆一個月都要幾萬塊了……」

「那劉淑美呢？他們明明那麼恩愛……」

「這麼恩愛的夫妻，這麼多年卻沒有孩子，你不覺得奇怪嗎？」梁同輝彎了彎嘴角，「劉叔叔那方面不行，劉阿姨年輕時曾經想跟他離婚，劉叔叔威脅她離婚就跳樓，他的腿傷就是那時候留下來的後遺症。這些男人像寄生蟲一樣，她們是好人，不忍心拋下他們，所以我要幫她們，讓她們解脫。」

李秩瞪大了眼睛：「你怎麼會知道那麼詳細？」

梁同輝向李秩投去一個古怪的眼神，好像他問的問題很滑稽：「李警官，這些事情還需要打聽嗎？每個人都知道的。」

李秩一愣，忽然，他想起自己在社區派出所為徐遙調解鄰居糾紛的日子。

是啊，哪裡需要打聽呢？

這世界傳播最快的就是八卦，公園市場是社區新聞的集中交流處，無數句「我聽說」，無數句「你知道嗎」，無數句「你不要告訴別人」，天然的情報站傳遞著無數資訊，沒有人關心它們是否真實，也沒有人在乎話語是否合適，大家都只是「聽說」而已，幹嘛要那麼認真？

然而，還是有人當真了。他日復一日地聆聽著大人的話，把他們的教誨銘記於心，以他自己的方式，把這些想法認認真真地付諸行動了。

大家都只是說說而已。

你為什麼要這麼認真？

李秩離開偵訊室，神情有些陰沉。連續三天不眠不休的腦袋和身體被疲憊感猛烈地襲擊著，他一手撐在牆上，在走廊的椅子上坐下。

一罐附著著凝結水珠的冰咖啡遞到李秩眼前，李秩抬頭，看見一頭淡栗紅色頭髮的徐遙，他站在李秩身邊低頭看著他，那雙眼睛顯得更加無辜了。

「謝謝。」李秩接過咖啡，沒有打開，而是把冰冷的金屬罐貼在臉上，「不好意思，讓你白跑一趟。」

「因為你堅持去找社區管理，我才能洗清嫌疑。」徐遙在他身邊隔著一個座位坐下，「回去睡覺吧，睡醒就把這件事忘了，不然你遲早會承受不住的。」

「徐老師，我還是不明白，為什麼他要殺死那些女人呢？」也許是因為死者是李秩熟悉的人，他的心裡一直壓著沉重的疑惑，他以為只要抓到凶手自己就可以釋懷，但看著梁同輝的眼睛時，他忽然發現，他還是找不到答案，「我以為他痛恨自己的阿姨，所以把仇恨轉移到受害者身上，但我發現他其實更痛恨那些女性的老公，他覺得是那些男人害她們過得如此艱苦。那他為什麼不殺死那些男人，而是殺死女人呢？我並不是說他們就該死，但他應該殺死老公而不是老婆……唉，我的腦袋都一團亂麻了。」

「李秩，你只能盡量揣測凶手的思維，但永遠不能把自己當成凶手去理解他們為什麼這麼做。」

李秩失笑：「為什麼？因為這是在『凝視深淵』嗎？」

「我只是想跟你說，負責分析凶手怎麼想的，那是犯罪心理學家的工作，不是警察的。」徐遙轉過頭看著李秩，他扶了扶眼鏡，「我想跟他說幾句話。」

「這好像不太……」

「就當我是尋找靈感可不可以？」徐遙忽然笑了笑，夾雜著一點小小的調侃，「不然明天我就不更新了喔？」

「怎麼連你也取笑我啊……」如果是張藍拿他是徐遙書迷開玩笑，李秩翻個白眼就當作無事發生；但如果是作者本人，李秩頓時滿臉通紅，手足無措地摸著脖子，只想趕緊逃離現場，「我、我去問一下，應該可以的吧。」

看著李秩落荒而逃，徐遙凝結在嘴角的笑容漸漸冷卻，眼神也變得冷漠深沉。

「徐老師？」梁同輝看見徐遙進來有些意外，「你原來是作家啊，難怪脾氣那麼怪，鄰居一直在討論你呢。」

徐遙沒有理會他的話，單刀直入：「李警官太單純，真的相信你說的話，那就換我來問吧。既然你那麼痛恨那些無能的男人，為什麼你不殺死他們，而是向弱勢的女性下手呢？」

梁同輝一直平靜的模樣出現了一絲裂痕。

「你說你痛恨那些老公，因為他們跟你一樣不爭氣，連累了老婆。可是，你身上卻沒有自殘的痕跡，而你嚴重的關節炎，我問過了，除了工作之外，還因為長期清洗衣服。你的阿姨喜歡吃魚，就算知道海鮮對關節不好，你也幾乎天天買魚。」徐遙的話冷冰冰的，「我以為你幫死者梳妝打扮，是為了讓她們體面地離開，但我聽張藍說，你阿姨死的時候，穿著她出嫁時的衣服。

「一方面，你痛恨你的阿姨，她的語言暴力對你造成了極大的精神折磨；但另一方面，你又離不開她，不只是因為無能，更是因為你愛她，超越了親人的愛。」

「你不要亂說！」梁同輝緊張地四處張望，彷彿害怕著有什麼人會聽到徐遙的話。

「你選擇殺害那些女人，是因為你痛恨她們，同時，你也嫉妒她們的老公。你殺害她們不是為了讓她們脫離苦海，你只是為了發洩自己扭曲的感情，是徹頭徹尾的自私懦弱。」徐遙彎下腰來，用極低的聲音說道，「你可以試著用精神疾病為自己打官司，要是有哪家醫院鑑定你有精神疾病，我就到哪裡當你的私人看護。」

「你、你不要亂說，我沒有！我是為了她們好，我沒有錯！」梁同輝猛然站起來撲向徐遙，但徐遙早有準備，他退後幾步，頭也不回地走出偵訊室。

偵訊室裡不斷傳來梁同輝不知道在向誰辯解一樣的嘶吼，李秩跑了過來：「怎麼了？」

「沒什麼，我說我有認識的精神醫生，可以幫他鑑定，但他好像很討厭別人說他有戀母情結，馬上就發脾氣了。」徐遙輕描淡寫地帶過，「你現在這麼睏，不能疲勞駕駛，我自己回去吧。」

「嗯，路上小心。」李秩自己也有一大堆報告要寫，便點頭答應。

徐遙離開警察局，獨自走在路上，現在是六七點的下班時間，街上人來人往，餐廳裡飄出誘人的香味，讓人忍不住飢腸轆轆。

徐遙在一間中式餐廳外帶了一份番茄蛋炒飯，便往家裡走。他一邊走一邊打電話，他在國內的聯絡人名單很短，很容易就找到了想找的人。

「喂，森哥嗎？我是徐遙……是的，我回來了，回來有一段時間了，嗯……以後再去看你，我有件事情想拜託你，是關於嫌犯的精神鑑定……」

番茄蛋炒飯的香味竄進鼻子，熱氣升騰，讓鏡片蒙上了一層水汽。徐遙脫下眼鏡擦了擦，若無其事地把晚餐塞進嘴裡。

在他工作的書桌上，鍵盤的隔壁，正放著一個十元硬幣，它反射著電腦螢幕上的小說文字，銀光錚亮，熚熚生輝。

第二案　君子一諾

THE LAST CRY FOR HELP

以前的悅城有一條護城河「築江」，它是珠江的分支，時至今日依舊橫亙在面積已經擴大了兩三倍的悅城之中。金匯廣場沿築江而建，清爽而不鹹腥的風讓築江沿岸形成了自然的生態步道。週六下午一點多，金匯廣場人行道上到處都是成雙成對或三五成群來逛街的人。天氣寒冷，這時候沒有什麼比一杯熱奶茶更適合暖手了。一些人氣飲料店門前大排長龍，排隊等候的年輕人圍成一圈打著遊戲，不時爆出一兩句緩解緊張情緒的髒話。

夏紫雲一個人坐在店門外的椅子上，還要等十二幾號才會輪到她，手機快沒電了，她百無聊賴地繞著耳機線，看著風吹拂路邊的樹葉，思考著哪家店裡有提供插座。

忽然一道黑色的勁瘦身影如豹子一般在江邊掠過，夏紫雲不由得瞪大眼睛，伸長脖子好奇地張望，只見一個高大英俊的青年飛快地跑過，正在追趕著前面一個相對矮小瘦弱的男人。

青年跑得十分迅速，但男人卻更加靈活敏捷，他在人群中左右穿插，顯然對此處十分熟悉，他甩開青年三四十公尺的距離，眼看就要跑出人行道，躲進那迂迴曲折的巷子裡了。

夏紫雲緊張地握緊雙手，彷彿在看賽跑實況。

但這場比賽卻戛然而止——在男人鑽進小巷前，突如其來的一腳正好踹在他胸口，把他狠狠踢倒在地。

「跑啊！不是長跑冠軍嗎？你再跑啊！」張藍抓住男人的手臂，「喀嚓」一聲戴上手銬，這時巷子裡又跑出兩個穿著制服的警察，一左一右把男人架住，「六宗入室搶劫，兩宗猥褻婦女，我看你還能跑到哪裡。」

「隊長。」後頭那個追得滿頭大汗的人正是李秩，他兩手壓在膝蓋上喘氣，「這、這傢伙……路上、路上丟了一個包包……在、在金匯廣場門口速食店外面的垃圾桶……」

張藍吩咐兩名員警：「麻煩去找一下那個包包，先把這傢伙押上警車。」

「是，隊長。」

安排好工作，張藍用力拍了拍李秩的背，隨即嫌棄地把沾到汗水的手在身上擦了擦：「跑幾步就這麼喘，年輕人的身體也太差了。」

「我從築江捷運站追過來的。」李秩瞪大眼睛，這都快有兩公里了。

「你是傻子啊，那傢伙是長跑冠軍，從後面肯定追不上，那就繞到前面等他啊。」

「你怎麼不告訴我？」

「你不在後面追，怎麼把他逼過來。」

「……」

「別生氣，我請你喝奶茶，哈哈哈。」

張藍拉著滿腦子都是髒話的李秩往飲料店走，夏紫雲連忙把視線收了回來。她低下頭，卻又忍不住偷偷打量著那兩個警察。

身材高大的警官真的好高，夏紫雲的前男友是一百八十公分，他看起來還要高了幾公分，而現在他滿頭大汗，脫了外套，裡面只穿一件黑色襯衫，那汗水浸濕的襯衫此時正貼在他結實的腰背上，在周遭一群低頭族中異常賞心悅目。另一個嬉皮笑臉的警察稍微矮了一點，看起來也比較年長，但他挽起的衣袖底下露出的手臂卻也十分健壯。

嘖嘖，要是保護我們的警察都是這樣該有多好啊。

「哇，這麼多人……李秩，今晚到我家吃飯吧，你嫂子是開店的，讓她煮奶茶也一樣。」

「怎麼會一樣。」李秩皺著眉頭，張藍摸了摸脖子，正覺得尷尬，李秩卻先忍不住地笑了，「嫂子煮的奶茶肯定更好喝啊。」

「嘿，你這臭小子！」

張藍眉開眼笑，稱讚他老婆比讚美他更能讓張藍開心。他拍了拍李秩的肩膀，兩人準備轉身離去。

夏紫雲正想趁著手機還剩最後一點電量偷拍一張照片，卻忽然聽到「轟隆」一聲，她整個人愣了一下，周邊已經響起了刺耳的尖叫。

「小姐！」張藍衝了過去，脫掉外套壓在夏紫雲頭上，「妳沒事吧?!」

我？我有什麼事……夏紫雲愣愣地摸了一下頭頂，黏膩的鮮血染紅了她的手，她再低頭看著灑落在自己身上的玻璃碎片，才突然驚覺發生了什麼。

但她沒來得及說話，整個人就暈了過去。

「隊長小心！」

李秩猛然舉起露天咖啡座的遮陽傘，把第二個砸下來的玻璃瓶擋開，人群中爆發出更尖銳的尖叫聲，群眾紛紛推擠閃避，湧入廣場之中。

「我是悅城永安區警察局隊長張藍，金匯廣場發生高空擲物，有一名年輕女性被砸中頭部，請馬上派救護車。她已經昏迷了，頭部嚴重出血，我先用衣服幫她止血。」

「往裡面躲，小心腳下，不要踩踏！」

張藍撥打一一九，他一邊用力壓著夏紫雲的出血部位，一邊描述自己的位置和傷者的情況。李秩撐著巨大的遮陽傘，疏導人群往室內躲避。他又聽到了兩聲玻璃瓶炸裂的聲音，激發出一波比一波更厲害的尖叫和哭泣。

「給我清水和乾淨的毛巾！快點！」

這時，李秩聽到了飲料店另一邊傳來一個熟悉的聲音，他轉身一看，卻見徐遙正蹲在地上，把一個嚎啕大哭的小男孩抱到遮陽傘下的座位上，脫掉他被血染紅的襪子，向店員大喊。

「徐老師？」李秩一看，那個孩子的腳掌扎了好幾塊玻璃碎片，光是看著都感覺十分疼痛，「你怎麼會在這裡？」

徐遙瞪了他一眼：「這是現在最重要的問題嗎？」

「啊？」

「趕快去找孩子的父母啊！」

「他不是你……」

「不是，我只是路過。」徐遙從戰戰兢兢的店員手裡接過清水和毛巾，清洗了傷口，手法專業而輕柔地把扎進男孩腳掌的玻璃取出，再用軟毛巾包裹起來。

但男孩仍舊嚎啕大哭，在他的號哭聲中，救護車和警車的警報聲由遠而近，迅速抵達。救護人員訓練有素，很快就把傷者送往醫院，李秩也找到了男孩的父母，但徐遙面對男孩父母的道謝，只是皺著眉抬頭看著高聳的大廈玻璃牆。

「徐老師，你怎麼了？」李秩看他一臉凝重，不禁疑惑，「難道這是偽裝成高空擲物的故意報復？」

「你小說看太多了，沒有證據怎麼能這麼說。」

儘管徐遙沒有給出肯定的答案，但李秩對他那種話說一半的個性太熟悉了，他正想繼續追問，兩手都是血的張藍臉色沉重地走了過來：「李秩，今晚沒時間吃飯了，準備加班吧……怎麼又是你？」

徐遙對張藍的態度不置可否，他嘆口氣，對李秩道：「不做筆錄的話我就走了。」

「別人不需要，你要。」張藍推了李秩一把，「帶他回去吧。」

「徐老師……」李秩還沒說完，徐遙已經轉身大步往那輛警用ＳＵＶ走了過去。

李秩連忙追了上去，卻看見徐遙好像用手機發了什麼訊息。

他恍然大悟，徐遙來到這裡，應該是約了什麼人吧？

那約的是誰？男的還是女的？跟他是什麼關係……

李秩想到這裡就打斷了自己的思緒，之前被張藍調侃是狂熱粉絲，他居然真的八卦起來了。

李秩拍了一下自己的臉，大步跟上徐遙。

警察局裡，值班跟不值班的人員都回來了。魏曉萌趴在桌上看著一張已經開始放映的電影票唉聲嘆氣。

「別嘆氣了，出了藍光DVD我送妳一張。」張藍唰地把她的電影票抽走。

「那陪我看電影的帥哥也能送我一個嗎？」魏曉萌鼓著臉頰哼哼。

「嗯？帥哥還不簡單，來來來，李秩你過來一下。」

被拉過去的李秩默默地在心裡翻了個白眼：「徐老師還在等呢。」

「不是準備好茶水招待他了嗎？我也沒虧待他啊。」張藍對坐在一旁的徐遙抬了抬下巴，徐遙聳聳肩，依舊不置可否。

「徐老師，你別看隊長這樣，這其實是他掩飾緊張的方式。」李秩拿著筆錄本坐到徐遙身邊，「那個女生還在搶救，隊長肯定是在擔心她……」

「瞳孔緊縮，眼泛紅絲，語調高亢，我看得出來。」徐遙斜斜地看了李秩一眼，語氣裡帶著一點優越，要不是他有一雙天生無辜的眼睛，這表情簡直非常欠揍，

「今天我只是剛好路過，然後聽到了廣場附近傳來尖叫聲。在不到十秒的時間裡，

有四個玻璃瓶被連續拋擲下來。那個男孩在慌亂中走失，鞋子也掉了，踩在玻璃碎片上，我就幫了他一下……」

「你救了他。」李秩打斷徐遙，徐遙一愣，不好意思地扶了扶眼鏡，「你剛剛否定了我說可能是有人蓄意報復，可以告訴我你的理由嗎？」

「我沒有否定你，我只是說『沒有證據證明這是報復』。而且，高空擲物並不是常見的報復手段，應該說是極其罕見。」徐遙知道李秩聽得十分認真，他也就認真講解了，「研究顯示，建築群越密集的地方，高空擲物發生得越頻繁。從心理學上來說，壓抑的空間使人產生必須發洩的負面情緒，比如工業園區就是高空擲物發生頻率特別高的地方。這種發洩沒有具體對象，因為沒有私人感情，在面對特定受害者時，凶手很多時候會流露出內疚與後悔，因為讓他們產生釋放壓力快感的是拋擲物體這個動作，而不是受害者的痛苦。」

李秩依舊迅速地記著筆記，徐遙忽然發現整個辦公大廳都安靜了下來，大家都在認真聽他說話，他有點尷尬地乾咳兩聲：「當然也不排除凶手是在較底的樓層，故意瞄準那位小姐拋擲瓶子。這個你們的鑑識科應該可以透過玻璃瓶的碎裂方式和噴濺範圍推測出瓶子是從多高丟下來的，我就不獻醜了。」

「嗯，鑑識科的同事正在現場搜證，應該很快就可以拿到報告。」

李秩抬頭，其他人恍如從夢中驚醒，紛紛轉過頭去忙自己的事情，張藍微蹙著眉頭，把李秩拉到一邊：「你去把金匯廣場的樓梯監視畫面拿過來，還有，這個地方也是。」

「百花園？你懷疑這是同一個人做的？」百花園社區一個星期前也發生過高空擲物事件，但沒有砸到人，只砸壞了一輛小轎車的車頂，而且拋擲物同樣是這種綠色的玻璃瓶。李秩迅速地翻了一下紀錄，發現這兩個地方的確具有同樣的特徵：高樓密集，事發時間人來人往。

「我們要不要讓徐老師也看一下這個案子？」

「你的薪水乾脆發給他？」

李秩想，其實他每個月的薪水大部分幾乎都拿去贊助徐遙小說的事情他還是不要告訴張藍比較好。

離開警察局後，徐遙又回到了金匯廣場，下午發生的案件讓群眾心有餘悸，本該熱鬧的晚餐時間，廣場裡的人卻寥寥無幾，零零散散地在不同的餐廳門前徘徊。

徐遙走進一家預約制的西餐廳，取消預約的人不少，三分之一的桌子都是空的。看著聚在一起聊天的服務生，從她們臉上那既緊張又興奮的神情就可以推測出她們在討論下午的事件。

「不好意思，我找一位馬先生。」

「好的，請跟我來。」

服務生把徐遙領向靠窗的位子，一個三十歲出頭的男人已經那裡等著了。他穿著白色襯衫，外面套著一件駝色背心，是典型大學教授的打扮。他正低頭看一份論文，專心到完全沒有發現徐遙走近。

「不好意思，有事耽誤，來晚了。」

徐遙在對面落座，男人這才抬起頭來，對他露出微笑：「該不會是被哪位漂亮小姐攔住才遲到的吧？」

徐遙失笑：「你以為是二十年前啊？」

男人也笑了，他叫「馬天行」，是徐遙小時候認識的朋友。雖然徐遙國三時就出國了，但後來他們又在美國的大學再次相遇。畢業後他回國發展，兩人便沒有再聯繫，直到最近徐遙才知道他就在悅城大學教書。

「怕你肚子餓，先點了菜，白汁龍利魚柳可以吧？」

「無所謂，都可以。」徐遙笑笑，目光落在他手上的論文，「這是你說的那個論文？不是已經改過很多次了，還在改？」

「給森哥看的，我當然要多看幾遍，萬一有什麼錯誤就太丟臉了。」

「他又不是沒看過我們錯誤百出的作業，有什麼好丟臉的？」

「錯的是我，又不是你，你當然沒關係。」馬天行擺擺手，把論文收了起來，「我這個副教授掛了這麼多年，想快點拿掉。」

徐遙笑了笑，教授評鑑這種事情涉及的內幕他不懂：「對了，你說有東西給我，是什麼？」

「唉，你這個人太沒良心了，我都親自送喜帖給你你才問。」馬天行滿臉笑容地從公事包裡拿出一封紅色的邀請函，「我知道你的性格，不想來可以不來，但喜帖你要收下，紅包也要給。」

「你要結婚了？是哪個女生瞎了啊？」徐遙瞪大眼睛，搶過喜帖拆開看了看，新娘的位置上寫著「許慕心」，「什麼時候認識的？」

「剛回國的時候認識的，她是小學老師，我們算是同行。」說到愛人，馬天行露出了驕傲的神情，「我本來想當上教授再結婚，但我們在一起那麼多年了，總不能一直等下去，所以我就……」

「你就繼續扯吧，肯定是發生『命案』了。」

「你能不能不要這麼觀察入微啊！」馬天行窘迫地紅著臉，一陣埋怨後才把話題換了回來，「那你呢，最近過得怎麼樣？畢業以後就完全沒有你的消息了。」

「挺好的，在寫小說，人氣還可以，反正不會餓死。」

「沒有人照顧你啊？」馬天行道，「讀書的時候，喜歡你的女生可以擠滿一整間教室，喜歡你的男生可以擠滿一整個大禮堂。」

「我就當作是讚美了……」其實徐遙平時沒有表露過自己的取向，但他外貌柔美，性格帶點彆扭的溫柔，自然而然會讓人感受到他慵懶的性向較為偏向哪一方，「婚禮紅包我會包一份大的，放心吧。」

「好吧……」徐遙委婉拒絕了出席他的婚禮，馬天行也沒有勉強，他知道他並不是對自己有意見，只是國中的那些同學會讓他感到不自在。「對了，我最近有一個學生交了論文主題，他想研究這方面的議題，你幫我看看有沒有問題？我總覺得有點怪怪的。」

「馬老師，這是你的工作，我要收諮詢費的。」

「這一餐我請客。」

兩人敘舊聊天，餐食將盡，馬天行看了看手表：「啊，我要回家了，還有作業沒改完。」

「是要跟老婆交差吧?」徐遙笑了笑，做了個「請便」的手勢，「下次帶你去下午沒去的那家甜點店，老闆是法國留學回來的，蛋糕很好吃，你可以帶嫂子一起來。」

出乎徐遙意料，馬天行居然拒絕了：「她不喜歡吃甜食，我們去就好。」

「嗯?喔，好的。」徐遙有些意外，他看了看桌子上的紅酒，人逢喜事，馬天行喝了不少，但他一口沒喝，「我送你吧，你喝酒了，不能開車。」

「我沒開車過來，叫車就好。」

結完帳，徐遙跟他一起走到路邊，他聽到計程車司機打電話給馬天行：「你好……是的，去百花園，我在金匯廣場大門口。」

百花園，是高級住宅區啊。

徐遙前兩本網路小說都出版了實體書，出版社的編輯就住在那裡，他還送她回家過幾次。

「先走了，回頭再聊。」

馬天行叫的車到了，徐遙揮揮手，目送他離開。江邊的夜風吹來，他伸了個懶腰，說笑間吃得比平常還多，他決定走路回家。

徐遙以前也經常沿著築江河堤走回家，學校就在築江對岸，有時候上課無聊，他就會看著窗外湧動奔流的江水發呆。

時間也如同洪流，不管發生什麼事都只會滾滾向前，而那個常常看著築江發呆的十五歲國中生，現在滿腦子只想著罪犯怎麼殺人和為什麼殺人——

他猛然回過神來，發現自己已經三十五歲了，再也不會有老師故意點名，再也不會有等著看他笑話的同班同學，再也不會有被通知家長的困窘，再也不會有父母理解但惋惜的嘆氣。

也不會，再有他的父母了。

徐遙深深地嘆了口氣，也許是跟同學敘舊勾起了太多回憶，他少見地傷感了起來。

徐遙的父親徐峰是那個年代的精英留學人才，是第一批研究犯罪心理學並致力於應用的研究人員。當時大家對於罪犯的精神狀態和心理僅限於「變態」「有病」「童年陰影」等常人能夠想像的部分。而美國ＦＢＩ開始透過分析罪犯行為抓捕罪犯也不過五六年的時間，「心理側寫」仍然讓人覺得是福爾摩斯式的個人推理，並沒有作為一個學科而得到重視。

而徐峰有幸在美國學習了一段時間，留學回來後便致力研究犯罪心理，他經常採訪一線警察，也因此認識了徐遙的母親邵琦。

在當時主流都是男主外女主內的社會傳統觀念下，徐遙的父母可謂顛覆了大家的認知。他們是秀麗花園裡最多人談論的知識分子，尤其是徐遙出生以後是由徐峰照顧，邵琦依舊早出晚歸地在警察局工作，更讓人懷疑她是不是對徐峰有什麼不滿，才會寧願在外奔波也不照顧家庭。

但徐遙知道他們都是胡說八道，他印象中的父母永遠是那麼恩愛和睦，邵琦性格火爆，尤其不能容忍侵害女性的案件，她曾經說過，要不是遇到徐峰，她應該不會結婚，因為現實中的男人都讓她失望透頂。

徐峰固然因為邵琦豐富的辦案經驗而得到了大量研究案列，但他最重視的並不是論文發表是否得到賞識，而是每天想著市場裡有什麼邵琦愛吃的東西。

但這一切在徐遙十五歲那年戛然而止。

他如今唯一能抓住的，就只有他們在秀麗花園三棟七〇二的這間舊居。無論它有多高，爬樓梯有多辛苦，公共設施有多老舊不便，他也不會搬到別的地方。

走著走著，家就在眼前了，徐遙整理好亂流一般的心緒，振作精神爬上七樓。可是今天樓梯間格外熱鬧，徐遙看見一群人圍在他家門外，馬上皺起眉頭：我一整天都不在家，他們又哪裡看我不順眼了？

「徐老師，你回來了，快開門看看。」住在樓下的阿姨一看見徐遙就把他拉了過來，「你家漏水了。」

「什麼？」徐遙大吃一驚，一看，果真有水從門縫往外流，他急忙打開門，只見整間屋子都泡在水裡，還發出陣陣惡臭，沒過腳背的汙水在開門時嘩啦嘩啦地往外湧，嚇得眾人急忙後退。

「怎麼回事？」

「肯定是水管壞了。」鄰居紛紛捂住鼻子，樓下的阿姨說道，「我家的天花板都跟著漏水了。」

「抱歉，我會叫人來修的，但是這麼晚了，我先整理一下再說可以嗎……」

「已經叫水電工了。你別岔開話題，快去看看我家的天花板，你要全額賠償。」

「嗯？」徐遙被阿姨拉著到了六樓，果然，在阿姨客廳的天花板上有一塊面積很大的深色水漬，恐怕要把整個天花板夾層拆掉重新粉刷，加上除黴除臭，也是一筆不小的費用。

「如果真的是我家漏水造成的問題，我一定會全額賠償……」

「什麼叫如果？這麼明顯你還想抵賴嗎？」

「我不是抵賴，但顏色那麼深，肯定不是一天造成的。」

「那就證明你家漏水很久你都沒發現啊，難道是我自己潑水汙蔑你？」

「我不是這個意思……」

「老公，你來說，以免別人說我沒常識。」

「我沒有說過這種話……」

徐遙跟鄰居之間的關係一向不好。秀麗花園裡的人早就不是他記憶中那些說話客氣有禮的叔叔阿姨了。他們搬到了更高級的社區，秀麗花園已經變成了以出租為主的社區。在這裡的人大部分都是精明的居民，日常生活比較喜歡斤斤計較。在徐遙剛回國的那一兩年，李秩幾乎天天來敲他的門，那時候他還年輕，說話沒什麼底氣，仗著自己年紀稍長，一副我什麼都不管的態度把一切都推給李秩調解。現在報應來了，李秩不管這社區了，他也搞不定這些鄰居了。

「吳先生吳太太，水電工來了。」

就在徐遙覺得腦袋快要爆炸的時候，李秩的聲音卻從身後傳了過來，他瞪大眼睛看著他，十分吃驚：「你怎麼會在這裡？」

「喔，我剛好路過……師傅，就是這裡，還有樓上，樓上比較嚴重，你先去樓上吧？」李秩沒空跟徐遙解釋，他拉著吳太太說道，「吳太太，我讓水電工先去徐老師家看一下，看要先處理哪邊，然後再讓他報價，孫叔叔做這麼多年的水電工了，不會騙人的。」

「有人付錢我怕什麼？」吳太太對李秩說話時明顯和顏悅色許多，「李警官，徐老師覺得他不該負擔全部責任，你說呢？」

「抓犯人是我的專長，我不太懂裝修，等孫叔叔看完，他說誰負責就讓誰負責吧。」

李秩說話迅速流利，吳太太還沒反應過來，只能「喔喔嗯嗯」地答應了。哪怕是同樣的話，說話的人語氣不同，也會造成不同的效果，現在，李秩已經是個一開口就能讓居民信服的幹練警察了。

「徐老師，我們一起去你家看看吧？」

李秩突然拋出問題，徐遙一愣，還沒來得及表現出一貫我什麼都不管的態度，就點頭「嗯」了一下。

檢查過水管後，水電工認定這次事故徐遙家水管破裂是主要原因，但吳太太家的天花卻是建築本身老化發黴，這次淹水只是把黴菌沖了下來，不能算都是他的錯，李秩又從中調解了一番，最後徐遙同意賠償一半給吳太太。

處理好了鄰居，徐遙和李秩在樓梯間裡相看無言，李秩抓了抓脖子，好像在想要怎麼開啟話題。

「李警官，你怎麼這麼剛好來到這裡？你已經不是負責這個社區的員警了，就算報警也不可能打到你們那裡吧。」徐遙首先開了口，他抱著手臂，背靠門板，皺著眉頭，冷淡中透著不滿地質問道，「無論你是我的多麼忠實的書迷，無論你給我投了多少金幣、贊助多少錢，這種跟蹤的行為都是違法的，你自己也是警察……」

「等一下，徐老師，你誤會了。」李秩連忙搖頭，「我有事找你，但你沒接電話，我才會過來的。真的，不信你看一下未接來電就知道了。」

徐遙還是皺眉，不過他沒有查看手機：「你找我有什麼事？」

李秩的神色沉了下去，他想要找一個比較隱密的地方，但徐遙的屋子一片狼藉，氣味也十分難聞：「到車裡再說吧。」

「好……」

徐遙跟著李秩上了車，關上車門便問道：「是下午高空擲物的案件有進展了？」

「可以說有進展，但也不一定是真的進展。」李秩從後座拿來一個資料夾，「其實之前在百花園也發生過一起高空墜物案件，當時沒有人受傷，所以沒有引起太大的注意；但今天金匯廣場的案件和這個案件有一些相似的地方，隊長讓我一起調查，我在看監視畫面的時候，發現你也在百花園出現過。」

徐遙頗為意外：「我的小說編輯住在那裡，我送她回家而已。」

「徐老師，雖然你說高空擲物並不是常見的報復手段，但是你兩次都在，不會太過巧合嗎？」李秩認真地建議著，「這是我個人的請求，你能不能跟我到警局看看監視錄影，看有沒有什麼跟你有過節的人？」

徐遙搖頭：「跟我有過節的人太多了，但有需要復仇這麼深的怨恨……」

「徐老師，有些人的報復動機並沒有那麼複雜，這是我的工作經驗。」李秩繼續勸說道，「案發前後五個小時出現過的人物我都截圖截好了，但出於個資問題我不能帶出警局，只能麻煩你跟我回去看一下了，不會花很長的時間……」

「你都截圖了？」徐遙很驚訝，這要花多少時間？他瞪大眼睛看著李秩，對方真誠的表情讓他覺得自己像個十惡不赦、不識抬舉的人——嗯，他好像本來就是，「你為什麼要這麼做？」

「什麼？」李秩一愣。

「李警官，我覺得你對我的態度絕對不是一個讀者的心態，甚至可以說是狂熱粉絲的程度了。你可不可以解釋一下，不然我要跟你們隊長檢舉，讓你不要再接近我。」

徐遙皺著眉頭盯著李秩，不出所料地看見他困窘得臉都紅了起來，但他依舊抱著手臂，背靠車門，以一個防禦的姿態審視著他。

李秩感覺徐遙的眼睛自帶X光的功能，把他從裡到外徹底分析，他支支吾吾半天，最後彷彿下了很大的決心，重重地呼了一口氣，轉過頭來，對上徐遙的視線。

「徐老師，你在美國的時候，就已經開始在寫小說了吧？」李秩道，「是不是寫過一篇叫作《逆風執炬》的短篇？」

徐遙一愣，的確是的，他在讀書時期有一段時間對佛教教義很感興趣，便以佛教典籍《四十二章經》裡的「愛欲於人，猶如執炬逆風而行，必有燒手之患」為基礎寫了一篇短篇小說，但發表的時候他用的筆名並不是「貝葉樹」，「你怎麼知道？」

「當時你的筆名叫『多桫欏』，跟貝葉樹一樣，都是佛教裡提到的樹木，加上主角都姓徐，所以我基本可以肯定作者就是你。」李秩繼續說道，「我是在二十歲那年，從廣播裡一個朗讀小說的節目知道《逆風執炬》的。」

「你想說你是我的老讀者了，我的小說陪伴你成長，所以感情特別深厚？」徐遙翻了個白眼，我真的有那麼老嗎？

「我是在醫院裡聽到這個廣播節目的，當時我受了重傷，肋骨骨裂，左手臂骨折，是真的，我可以拿病歷給你看。」李秩認真地解釋著，沒有聽出徐遙的諷刺，「那時候我覺得生活一片灰暗，以前所信仰的東西全都崩塌了，雖然我沒有自殺，但也跟死了差不多。我不看書不看電視，拒絕和任何人交流，但我隔壁床的大哥哥是個偵探小說迷，他每天都準時收聽節目，我也只能跟著一起聽，結果就不知不覺入迷了。到結局的時候，我聽到主角說『逆風執炬，必會燒手，但總有人再痛也不願意放下這一點希望的火光，如此，他才能在一片黑暗中為自己，以及所有如他一樣追求光明的人，照亮前路』，當時我忍不住哭了，把隔壁大哥哥嚇了一大跳。從那天起，我就重新振作起來，所以對我來說，與其說你是我的偶像，不如說你像一個在我最難過困惑時，幫我照亮前路的人吧。我這樣說你能理解嗎？」

「喔，大概能理解吧……」這突然其來的粉絲現場評論讓徐遙十分尷尬，李秩說得那麼誠懇，還把小說的對話背了下來，如此真誠的書迷，他剛剛還質問他是不是另有所圖，真的是十分尷尬了，「你、你怎麼會受那麼重的傷？」

「沒什麼，少年輕狂。」李秩輕輕帶過，顯然不想多談。

徐遙想，他二十歲那個年紀，又是信仰崩塌什麼的，大概是得罪了警校的前輩被教訓之類的事情吧，他不再追問，乾咳兩聲，抬了抬下巴：「走吧。」

李秩沒反應過來：「去哪裡？」

「不是去警察局嗎？」徐遙拿過百花園高空擲物案件的資料夾，「借我看一下。」

李秩眉開眼笑：「好！」

徐遙埋頭看著檔案，金色的圓框眼鏡遮掩了他躲避李秩那傻瓜似的笑容的閃爍目光。

魏曉萌看了一整天的監視錄影，正幫疲澀的眼睛滴著眼藥水，就看見李秩從門口走了進來，而徐遙也來了。她不禁用那字正腔圓抑揚頓挫的廣播音色打了聲招呼：「徐老師，你回來啦。」

「什麼回來了，他又不是我們這裡的工作人員。」王俊麟拍了拍魏曉萌的頭頂，向李秩埋怨，「副隊長，你不能假公濟私啊。」

「別亂說，我是請徐老師過來確認嫌疑人。」在張藍的大肆宣傳下，警察局上下基本已經知道李秩狂熱粉絲的身分了，他只能僵著表情假裝毫不在乎，「徐老師，別理他們。」

「嗯。」徐遙從鼻子發出聲音表示自己無所謂。

兩人走進監控室，一邊看截圖一邊看錄影進行動態對比。百花園的案件發生在街角的地方，案發時間是下午六點十五分，正是下班高峰，街上人來人往，一輛小轎車停靠在百花園社區的圍牆旁邊，路人們行色匆匆，一個玻璃瓶卻突然從天而降，因監視器角度限制，看不到是從幾樓丟下來的，只能看到瓶子砸在小轎車車頂，引起一陣騷動。行人圍觀了一會，車主也趕了過來，畫面上最起碼有二十個人，面容十分模糊。

徐遙中斷影片：「看現場錄影沒用，還記得我說過的嗎？高空擲物的凶手不敢面對一個有具體形象的受害者，不像縱火犯會回到現場，你把這棟大樓出入口的監視畫面給我看吧。」

「已經看過了。但是，在案發後沒有人離開這棟大樓，而在之前進入的也都是這裡的居民，資料都在這裡。」李秩把居民資料調了出來，還拿出一份手寫報告，「我下午調查的時候去了一趟，那裡的員警說這裡經常發生高空擲物事件，但之前拋擲的物品都是菸頭、紙盒之類的垃圾，居民也都是檢舉他們破壞環境，並沒有往刑事案件的方面想。這是他們回憶的情況，你看一下。」

徐遙看了一眼，很快就得出結論。他指著居民資料的頁面，拿鉛筆點了幾個人名：「你找這幾個孩子聊一聊。」

「孩子？」李秩驚訝道，「為什麼是小孩？拋擲物不是啤酒玻璃瓶……」

「這些案件都發生在週末或下班時間，說明凶手是一個工作規律的上班族或學生，拋擲的物體有菸頭、花生包裝、零食紙袋再到啤酒瓶，很明顯勾勒出一個愛喝啤酒、吃零食並抽菸的男性形象，有可能是一個讓人厭惡的父親。一般來說，這種人的配偶都是習慣隱忍的女性，她們不會以這種方式來宣洩壓力。只有孩子會隨著年齡增長，形成獨立人格，開始討厭父親，卻沒有相應的經濟能力，所以才會透過拋擲物品來發洩情緒。」

「而且相較於成年人，孩子更容易產生內疚和害怕的情緒，所以他不敢面對具體的受害者，只能選擇拋擲物品。」李秩不住點頭，「良心未泯的孩子還是有救的。」

徐遙對這個觀點不予置評，他特別點了一個叫「高智林」的十四歲男生：「尤其是這個男生，登記的資料只有他和父親，可能是單親家庭，而他父親是會計師事務所的職員，壓力一定非常大。」

李秩嘆了口氣，但這次他沒有發表任何意見：「謝謝你，徐老師，每次都讓你幫我。我這邊還有事情要處理，我讓人送你回去……」

「我又不是小孩子了，你去忙你的吧，我先回……」徐遙忽然苦笑一下，「算了，我去飯店住幾天，你有事打我的手機吧。」

李秩也想起了他房子的慘狀：「水電工說你們家的地板要全部重鋪，牆壁也要補修，天花板的隔熱層也要重新裝潢，這樣要花一個多月吧，而且最少也要幾萬塊錢？」

「是啊，畢竟是三十年的老房子，也該修補一下了。」

「不如你乾脆賣了，找一個新的地方住吧，畢竟七樓又熱又沒電梯，太辛苦了。」李秩依舊對那七樓公寓頗有微詞。

「那是我父母生前住的地方。」

「生前」這兩個字讓李秩愣了一下，他自覺失言，乖巧地低下頭道歉：「對不起。」

「我先走了。」徐遙放下筆，起身離開。

「徐老師……」

「是很久之前的事，我也不在乎了。」徐遙扔下這句話後就轉身離開，李秩卻一把拉住了他的手臂，他皺眉回頭，「幹嘛？」

「無論過去多久都會在乎的。」李秩鬆手，但目光卻鎖住了他的臉，「徐若風也是為了他的父親才成為偵探。」

「我跟你說，作家這種人呢，為了寫出矛盾，會故意增加張力，這叫『製造戲劇衝突』。」徐遙笑了笑，拍了拍他的臉頰，「別太認真了。」

拍在他臉上的手掌有點冰涼，李秩有一瞬間想抓住，但徐遙的笑讓他感到困惑，他還沒搞清楚這是什麼困惑，對方已經收回手，大步走出警察局。

別太認真了？李秩摸了摸臉頰，他說的……是對什麼認真呢？

容海醫院住院部門，一大清早，張藍就來到服務臺，他跟值班的護士聊了一會，才小聲詢問夏紫雲的情況。得知她已經脫離危險，轉移到普通病房後，他才鬆了一口氣，步履輕快地趕回永安區警察局。

但這份輕鬆一進門就被李秩徹底打破了：「隊長，關於高空擲物的案件我有線索了，但嫌疑人是未成年人，所以……」

「未成年人？怎麼調查出來的？」一旦涉及未成年人，警察的態度就必須很謹慎，張藍把李秩拉進辦公室，讓他坐下來慢慢說。

「是這樣的，我從巡邏百花園社區的員警那裡打聽到，那附近經常會出現高空擲物，但都是一些垃圾，他們就沒有多想。而綜合所有被拋棄的物品，可以看出一些男性的使用特徵，比如啤酒瓶和菸頭，所以我推測拋擲物品的人對家中的男性成員不滿，加上案發時間，是學生的可能性很大。於是我又調查了金匯廣場的商店分布，發現金匯廣場裡有五家輔導教學機構，其中有兩家是安親班，基本可以排除；一家是專門輔導出國留學生，學生資料顯示沒有人住在百花園，也可以排除；剩下兩家是國高中補習班，其中一間事發當天沒有上課，所以可以鎖定另一家，而正好這間補習班裡有三個學生住在百花園。隊長你看。」李秩把一份檔案遞給張藍，「這個叫『高智林』的學生就住在拋擲案發生的那棟大樓裡，他在百花國中就讀九年級，十四歲，父母離異後，跟著父親高偉一起生活，半年前才從鄉下小鎮來到悅城讀書。而高偉有過一次醉酒打架的逮捕紀錄，可以推測他脾氣不是很好，家庭和學習雙重壓迫下，我覺得高智林以高空擲物的形式發洩負面情緒的可能性很高。」

李秩一氣呵成地把推測說完，卻發現張藍皺著眉頭盯著他，他詫異地摸了摸自己的臉：「怎麼了，隊長？」

「這是你的推理還是徐遙的推理？」張藍問道，「我聽說昨天你又把徐遙請過來了？」

李秩以為張藍不喜歡徐遙過度參與到案情中，才故意沒有說他的名字，沒想到輕易就被看穿了。他摸了摸脖子解釋道：「徐老師只提供了一點幫助，接下來都是我自己調查的，沒有一直依賴他……」

「我又沒有責怪你，不用急著解釋，況且你這個推測還是很合理的，但是——」張藍點了點高智林的檔案，「推測始終是推測，沒有實際的證據，我們貿然讓一個孩子來協助調查，會有很多問題，我不建議這麼做。」

「可是，如果我們不阻止他，等他犯下更嚴重罪行的時候不是間接害了這個孩子嗎？」

「我說的是不要請他過來，又沒說我們不可以去找他。」張藍說著，拍了拍錢包，「來，請你喝奶茶。」

李秩露出一個感激的笑容：「隊長，謝謝你相信我。」

「我相信的是證據，要是見過那個孩子還是沒有證據的話，回來看我怎麼處理你。」

金匯廣場四樓一家開放式咖啡廳裡，馬天行焦急地四處張望，一見到徐遙從電梯裡走出來，就朝他猛揮手：「徐遙，這裡。」

「怎麼了，這麼急著叫我出來幹嘛？」

「什麼幹嘛？你昨天下午不是被帶到警察局了嗎？你怎麼不告訴我，我還是看新聞才知道的。」馬天行著急起來聲音也跟著變大，咖啡廳的服務人員聽到了，不禁朝他們投以狐疑的目光。

徐遙示意他降低音量，坐下點了杯咖啡，才對馬天行解釋：「我沒有被抓，我是去協助調查。」

「那不是一樣嗎？他們怎麼會懷疑你？」馬天行抓住徐遙的手臂，「他們肯定是因為以前的事情才針對你。」

「他們不知道我以前的事情，那時候我未成年，檔案是封存保密的。」徐遙皺了皺眉，他撥開馬天行的手，拍了拍他的肩膀，「我不是作為嫌疑人去警察局的，我是幫了一個受傷的小孩，然後之前也幫過他們，所以他們才請我去看看能不能替嫌疑人做犯罪側寫。」

「哦，原來是請你去側寫啊。」馬天行鬆了口氣，他放鬆下來，聲音也不再那麼緊張高亢，「我差點忘了，你是班上最優秀的學生。」

「被你這個副教授這樣說，我很難不驕傲。」徐遙笑了笑，「星期日不用上課吧？我請你吃昨天沒吃到的蛋糕。」

「喔，我今天約了一個學生，要跟他談一下明年的論文方向，快年底了，又要開始忙了。」馬天行說著，拉起袖子看了看手表，那是浪琴經典的男表，不算高級名貴，但也不是很便宜，「我也是抽空出來見你，你沒事我就放心了。」

「謝謝你，天行。」徐遙嘆了口氣。

無論是二十年前還是現在，馬天行都是相信他、關心他的，徐遙不禁為自己冷淡的態度感到羞愧。

「認識這麼多年，別說這種話了。」飲料送了上來，馬天行擺擺手，讓徐遙快喝。

徐遙笑笑，打開砂糖往咖啡裡倒了半包，可是他剛剛拿起杯子，目光突然凝滯。

他看見對面的電扶梯上有兩個熟悉的身影，正是李秩和張藍。

他們來這裡幹什麼？

張藍他們走進補習班，向櫃檯的老師問道：「妳好，我們想找一個叫高智林的學生。」

櫃檯老師奇怪地看著這兩個人：「你們是他的誰？」

張藍拿出警員證：「警察。」

「警察？」櫃檯老師慌忙問道，「發生什麼事了嗎？」

「他爸爸報警說接到了綁架電話，雖然應該是詐騙，但我們還是要確認一下。」李秩編了個謊話，畢竟他不想讓這個本來就有沉重心理壓力的孩子增加別的流言。

果然，聽到這句話後，老師就不緊張了。她一邊招呼他們到休息區坐下，一邊稱讚：「沒事，他正在裡面上課，你們辛苦了，還特意來跑來確認，我馬上叫他過來。」

「謝謝。」

張藍趁老師去教室找人，拉著李秩說道：「很會說謊啊。」

「我只是不想……」

「可是我覺得那個學生聽到這個理由，根本不會相信。」

張藍正說著，就聽見老師的叫聲：「高智林！你去哪裡？警察在這邊……高智林！」

兩人循聲抬頭，卻見一個男生掙脫老師的手，從後門跑了出去。

這人有問題。

兩人當即明瞭，馬上追了出去。

「高智林，站住！警察！」

高智林在同齡人裡也算身材高大，跑得異常迅速，廣場裡光滑的磁磚對他毫無影響，他像兔子一般往前飛奔，李秩不得不打開警報器，高智林聽到警鈴聲，停頓了一剎那，又馬上跑了起來，鑽進了消防專用道。

忽然一個男人擋在他的面前，高智林撞了上去，兩人都倒在地上，而那個男人拉住高智林的手臂，說道：「撞到人不道歉就算了，還不扶一下，現在的學生真沒禮貌。」

「徐遙，你幹嘛……高智林？」

「馬老師？」

「徐老師？」

「看你往哪裡跑！」

張藍從消防專用門後面竄了出來，本來以為可以和李秩包圍高智林，但他一推門就被眼前詭異的情景愣住了。只見徐遙跌倒在地上，抓住高智林的手臂，一個老師打扮的男人和同樣跌倒在地上的高智林驚訝地互相看著對方，而李秩站在旁邊，好像根本不知道應該抓住哪一個人。

徐遙率先回過神來，他站起來的同時也順便拉起高智林：「兩位警官，這個小朋友撞到我還想逃跑，連道歉都不說，你們覺得該怎麼處理？」

高智林知道逃不了了，低下頭，眼眶泛紅，一連說了好幾聲「對不起」。

「小朋友，做錯事沒關係，真誠道歉，努力改進，下次絕對不要再犯就好了。」李秩聽出徐遙的言外之意，便順著他的話繼續說下去，一邊講，一邊把高智林從徐遙手中接了過來。

「這位是誰？」張藍留意到高智林垂著的眼睛一直往馬天行那邊看，卻又帶著明顯不敢直視他的恐懼。

馬天行的臉色變得很奇怪，他緊咬牙根，臉頰突出一塊清晰的骨骼。他盯著高智林，那眼神竟然可以稱得上是仇恨了。他兩手緊握成拳頭，鬆開一下，又再握緊，彷彿極力控制著自己的情緒。他的呼吸變得急促，胸口起伏，頸部到鎖骨的青筋都繃緊了，連站在他旁邊的人都能明顯感覺到不對勁。李秩和張藍都往後退了半步，把高智林護在身後。

「我是他的班導。」半晌，馬天行深呼吸一口氣，彷彿走投無路的凶手般承認道，「我是百花國中的國文老師，我叫馬天行。」

徐遙緊皺的眉頭略微一動，動作輕微地把臉轉了過去。

永安區警察局，魏曉萌捧著一杯奶茶，猶猶豫豫地在偵訊室外徘徊。王俊麟忍不住問道：「妳幹嘛走來走去啊，我頭都快暈了。」

「我在想要不要給他一杯奶茶。」魏曉萌透過單向玻璃看著裡頭坐立不安的少年，「隊長跟副隊長真是太不貼心了，把人家小朋友帶過來又不管他，要是他的父母說我們非法拘留未成年人怎麼辦？」

「誰非法拘留了？」張藍從鑑識科的方向走過來，用手中的檔案拍了魏曉萌腦袋一下，「沒證據我把他帶來幹嘛？信不信我把妳送回警校重讀？」

「啊，隊長你聽錯啦，我的意思是小朋友看見你這麼英明神武的警察叔叔……」

「嗯？」

「警察哥哥！這麼英明神武的警察哥哥站在他面前，他就什麼都說出來啦。把他關在那裡那麼久，會嚇出心理問題的。」魏曉萌說著，把奶茶塞進張藍手裡，「給他一杯收驚奶茶，以免被你的正氣震得魂飛魄散。」

「切，還奶茶，你以為我是他的班導啊，我才懶得管那個小朋友。」連一向口齒犀利的張藍都被魏曉萌逗笑了，也許是看著她母愛氾濫的模樣覺得可愛，他把報告往她手裡一塞，「跟我進去，妳負責詢問。」

「嗯？」

就算沒戴著手銬，被關在偵訊室這件事本身就已經讓高智林焦慮懼怕，張藍推門的聲音十分輕微，卻還是他嚇得跳了起來。而這個動作引起了張藍習慣性的防禦姿態，馬上往後退了半步。

意識到自己失態，高智林馬上又低下頭來道歉：「對不起，對不起，我、我只是太緊張了，對不起。」

「沒事，坐下喝一口奶茶吧。」張藍把奶茶遞給他，魏曉萌忍不住在心裡罵了句髒話，「這個警察姐姐會問你一些問題，你一個一個回答就可以了，這次的調查絕對保密，你不用擔心，知道嗎？」

高智林點點頭，接過奶茶也不喝，就這樣呆呆地捧在手裡。魏曉萌見狀便開始詢問問題，確認過身分之後，她開門見山問道：「在今年十一月三日下午六點十五分的百花園社區，以及十一月六日下午一點二十分的金滙廣場，都發生了高空擲物事件，拋擲物品都是綠色的玻璃啤酒瓶，是不是你做的？」

高智林點點頭：「是我做的，對不起。」

「你有沒有什麼要申辯的？」魏曉萌對他的坦白感到意外。

「沒有，是我丟的，沒有人強迫我，也沒有人欺負我，就是我做的。」

「你既然願意坦誠，為什麼在警察去找你的時候，你卻要逃跑呢？」魏曉萌問了一個張藍沒安排的問題，張藍看了她一眼，並沒有阻止。

「因為老師說，是爸爸派來找我的人……」高智林遲疑了一下，「我爸爸不可能找我的，我以為是什麼壞人，所以就跑走了。後來我跑著跑著就慌了，聽到他們說自己是警察也不敢相信。」

「為什麼你會覺得來找你的是壞人呢？」魏曉萌繼續追問，「還有，為什麼你爸爸不可能找你？」

高智林忽然沉默了，他雙手垂下，放在膝蓋上，手指緊緊地交叉。

「你父親高偉，曾經有醉酒打架的紀錄。那幾個你亂丟的啤酒瓶，我們鑑識科檢驗出是同一個品牌，也就是你父親常喝的牌子。另外，在百花園的案件中，那些玻璃碎片上沒有你的指紋，卻有半個你父親的指紋，甚至在金匯廣場案件中的玻璃瓶上也是一樣。」張藍把報告翻開，「你沒有留下自己的指紋，卻故意保留高偉的指紋，是不是故意收集你父親喝光的空酒瓶，然後故意陷害他？」

高智林猛然抬起頭來，瞪大眼睛：「不、不是，我沒想過會有爸爸的指紋……我以為已經擦乾淨了，真的！」

「你父親業務能力很差，經常加班，他根本不關心你，放假的時候寧願和酒肉朋友一起也不肯陪你。他還欠了他們錢，所以你覺得來找你的肯定是壞人，對不對？」

「不是！我爸沒有什麼酒肉朋友，他也不賭博！他沒有認識壞人，你們誤會了！」

「報告上面顯示你曾經就醫，你父親不止酗酒，還打你，所以你覺得他不可能因為擔心你而報警，對不對？」

「我爸沒有打我！那是體育課不小心受傷的！我亂丟酒瓶跟他沒有關係！是我一個人做的！」

「你積累的壓力是因為高偉不是一個合格的父親，我們可以幫你。」

「你們完全搞錯了！不是他！」高智林漲紅了臉，發出了目前為止最大的聲音，「我爸爸不是那個壞人，你們不要亂猜！」

「哦？原來你爸爸不是那個壞人啊？」張藍笑了笑，「那『那個壞人』是誰呢？」

既然證據確鑿，就只剩下一些文書工作，李秩心不在焉地整理著報告，並時不時瞥向走廊一眼。

走廊的長椅上，徐遙和馬天行各坐在一端，沉默不語。馬天行因為在老同學面前吹噓身分的事情被揭穿，惱怒到最後只剩沉默；而徐遙的沉默，卻是對自己的惱怒。

其實他應該更早看出來的，儘管兩次和馬天行見面他都是衣著光鮮，出手大方，但其實只要稍微一想就能發現端倪。他那天叫的計程車，司機在路口轉了彎，而如果要去百花園直走就可以了；他說要指導學生論文，但現在是年底，大學生的論文過完年再報告主題是常態；還有，特意提到國中時期的同學，還提供了一個「你可以不來」的選項，到底是真心為他著想，還是擔心他去了會發現他的謊言？

他可以看著照片和數據描繪出一堆心理側寫，但面對一個活生生的友人，卻又聾又瞎。徐遙在心裡問自己，他到底有沒有把馬天行當成真正的朋友，而不是一個和他的過去有所關聯的、認識的人？反過來說，馬天行又是出於什麼心態才對他說了那麼容易被拆穿的謊言？

「不用推測了，我就是想透過偽造一個嚮往的身分來滿足自己在現實中的欲望，厭惡真實的自我，卻又無力改變的失敗者。」馬天行的聲音變得十分冷靜，沒有了刻意演繹的熱絡口吻，完完全全就是一個普通同學的語氣。他挺起腰，頭往後靠著牆壁，微微抬著下巴，看著對面灰白色的牆面毫無起伏地說道：「很典型的症狀，你花十分鐘就可以側寫出來，不用裝做苦惱的樣子。」

「我沒有分析你。」徐遙說道，「我從來沒有分析過真實的人。」

「是啊，你根本不需要看到那個人，光看報告跟照片就可以推測得八九不離十，難怪你可以直接留校當教授，而我畢業後卻沒有學校聘請我，只能灰頭土臉地回來找工作。最後也沒找到，只能在社區國中當老師。他們跟我說，班導的工作很輕鬆，就是負責幫忙其他科目的老師，順便管理學生就好。」馬天行露出一個陰森的笑容，「但我不服氣，我利用我所學的知識，把所有學生都騙得服服貼貼，每個人都覺得我是心理學專家，覺得我能一眼看穿他們，太神乎其技了。但他們不知道，其實我是把他們當成犯罪嫌疑人來進行研究。」

「你對他們進行心理暗示？」徐遙一驚，他轉過頭盯著馬天行，「你這是教唆犯罪。」

「我什麼都沒有做，我只是讓他們乖乖聽話罷了。徐遙，就像當年你讓大家都聽你的，現在我也能做到了。」馬天行猛地轉過頭，目光炯炯，咄咄逼人，「你只不過是得到林森的特別照顧而已，我沒有輸給你。」

「天行……」

「馬老師。」徐遙想要辯解，但高智林已經被張藍帶了出來，他向馬天行說道，「麻煩你通知一下學生家長，他已經招認了，接著會安排傳喚，請他的家長過來接他。」

高智林垂著眼睛看了看馬天行，低聲說了一句「馬老師」，魏曉萌拍拍他的肩膀，把他帶進辦公大廳。

馬天行看了看高智林的背影，轉過頭來對張藍說道：「我已經打電話了，但他爸爸在出差，正在趕回來的路上，我可以先帶他走嗎？」

「如果你願意以學校老師的名義暫時承擔他的監護責任也可以。」張藍看著馬天行的眼睛說道，「但是，如果在這期間他出了什麼狀況，他現在才十四歲，只需要承擔部分責任，而你要負責承擔相應責任，馬老師你想好了嗎？」

馬天行遲疑了一下，張藍接著說道：「馬老師，這孩子有暴力傾向，我覺得你還是讓他待在這裡，有什麼事情，我們這邊也可以處理。你放心，我們不會把他關起來的，只是讓他在辦公室裡等，他的家長來了，就可以把他接走。你不需要無端承擔這個責任。當老師都很辛苦，我們瞭解的。」

「那就麻煩你們了。」

張藍明顯不想讓高智林離開，表示他一定還有事情沒有交代清楚，馬天行了解高智林的性格，他要是現在不肯說，以後也不會說，於是也不強求：「那我先回去跟學校報備，希望警方也能盡量保護學生個人資訊，不要為學生以及學校帶來不良影響。」

「放心，《兒童及少年福利法》我比你還熟悉，就交給我們吧。對了，你要回學校是嗎？我順便送你吧，也剛好跟校方瞭解一下情況……」

張藍連哄帶騙推著馬天行離開警察局，完全忽視了旁邊的徐遙。徐遙知道他是故意分散馬天行的注意力，便悄悄往後退，快步走進辦公大廳。

「徐老師？」李秩抬頭，「怎麼了？」

「有事情我想拜託你。」徐遙不顧旁人側目，徑直朝李秩走了過去，「能不能幫我查一個叫『許慕心』的女人的醫療紀錄？」

李秩皺眉：「這是誰？」

「她是……」徐遙顧忌著坐在後面的高智林，便朝李秩使了個眼色。

李秩會意，點點頭，起身隨他走到了副隊長辦公室：「跟高智林有什麼關係嗎？」

徐遙轉過身，透過辦公室的百葉窗打量著高智林：「跟他沒關係，跟馬天行有關係。」

「馬天行？他的班導？」李秩皺眉，「你覺得高智林的情緒壓力跟馬天行有關？是校園霸凌嗎？」

徐遙回頭，有些意外：「你也感覺到了？」

「他看到馬天行的時候，害怕得太明顯了。」李秩這才突然想起來，問道：「徐老師，你怎麼會跟馬天行在一起？你們是朋友？」

「他是我的同學。他也就讀犯罪心理相關科系，可是工作不太順利，剛剛在外面談了一會，我發現他有比較嚴重的控制傾向，甚至有一點救世主情結……」

「救世主情結？」李秩搶答似地回應道，「是你在《畫地為牢》裡借著舉辦夏令營而對十二名受害者進行精神控制，最終讓他們自相殘殺的邪教首領的那種情結？」

徐遙也沒想到李秩會記得那麼詳細，不禁愣了一下，本來準備解釋的說辭也卡在喉嚨裡。他乾咳兩聲，重新整理了一下思緒：「對，就是那種透過簡單的統一管理而達到精神控制。他是老師，本身就具有權威的身分，而學校更是提供了自成一格的小型封閉社會，他甚至不需要刻意把學生聚集起來，學生每天都會自動到學校報到。我擔心他對高智林進行過什麼心理誘導，促使他做出暴力行為。」

徐遙說著，想拿筆寫東西，一時沒找到，就抬起手來，在掌心寫字：「許慕心，羨慕的慕，心臟的心，她是馬天行的未婚妻。她跟學生不一樣，是屬於開放社會中的個體，馬天行要對她進行精神控制，就必定伴隨剝奪睡眠、斷絕飲食，甚至身體毆打等等行為，哪怕他最後成功了，但初期也肯定會有就醫紀錄，請你盡快幫我確認。」

「徐老師，我非常願意幫你調查，但是，就算我們真的確定了他對學生們進行精神控制，又怎麼證明是他對高智林進行心理誘導，讓他做出高空擲物的行為呢？」李秩不禁嘆了口氣，「沒有證據，我們不能隨便讓學生過來協助調查。」

「李秩，你記得徐若風的搭檔，沈三木的口頭禪嗎？」

「最好事後請求原諒，不要事前申請批准。」李秩秒答，但回答完後他自己也皺起眉頭，「隊長會殺了我的……」

「你只是送朋友去醫院而已，他幹嘛要殺了你？」徐遙笑了笑，「李警官，我胃痛，能送我去一下醫院嗎？」

李秩因為「朋友」這個詞而愣了半天，隨後使勁點頭：「沒問題，我馬上去開車……」

「副隊長！」

忽然，王俊麟直接推門進來，他看見兩人相視而笑，好像看到了什麼不得了的事情似的，叫喊聲也卡在了喉嚨裡，呆呆地愣在門口。

李秩卻渾然不覺：「怎麼了？」

「喔，那個，剛剛接到報案，說金匯廣場的垃圾桶裡發現爆裂物。」

「爆裂物？」李秩大驚，這比高空擲物嚴重多了，他立刻追問：「通知拆彈小組和消防隊，請附近執勤的警察立刻拉封鎖線，我們馬上過去！」

「是！」

「李秩。」徐遙拉住李秩，不等他回答就說道，「你應該記得炸彈客的心理側寫吧，《滿城煙火》裡說過的。」

《滿城煙火》是徐遙還在用「多秒糴」這個筆名時寫的，以美國著名的炸彈客「泰德」為原型的短篇犯罪小說，儘管很冷門，但如果是李秩的話，應該看過。

果然，李秩重重點頭：「記得。我會吩咐鑑識科的同事把圍觀的人群拍進去，醫院的紀錄我會讓魏曉萌去調查，要讓人送你回去嗎？」

「不用了，我在這裡等……」徐遙頓了一下，「你自己小心。」

李秩沒想到徐遙會關心他，受寵若驚地「嗯」了一聲，便和王俊麟一同趕往金匯廣場。

週日下午三點的金匯廣場空無一人，而廣場周圍的封鎖線外擠滿了圍觀的路人和新聞媒體。連續兩天發生意外事件，外界眾說紛紜，還有人猜測是金匯廣場的老闆和人結怨而引起的報復。總之，各種流言滿天飛，熙熙攘攘的人群把這裡擠得宛如夜市。

「這些人真的不怕死啊？」一下警車，王俊麟就對那些圍觀群眾表示不解，「就算是最普通的炸藥，也有可能炸掉一棟大樓的。」

李秩在心裡同意他的話，但他沒有附和，而是快步往一個警察身邊走去：「永安區警察局副隊長李秩，我們隊長來了嗎？」

「副隊長好。」警察敬了個禮就帶著他們走了進去，「張隊長跟何隊長已經在現場了。」

「嗯。」

「何隊長」是指悅城特警第一中隊的隊長何樂為，自小對爆裂物有極高天賦，十八歲就在防爆小組擔任拆彈工作，二十五歲已經當上隊長，是悅城所有警政體系中最年輕的隊長。李秩聽說他來了，心裡稍微安穩下來，他走到三樓，正是下午徐遙和馬天行碰面的咖啡廳附近。

「你們兩個來得正好，趕緊疏散外面圍觀的人，在噴水池大廣場堆沙包，快去。」張藍一見到李秩就安排工作，「垃圾桶內發現疑似爆裂物，小何說要轉移到空曠的地方拆除。」

沙包圈是預防炸彈無法拆除只能引爆時的防護設備，李秩點頭，又問道：「沙包圈要多高，直徑多大？」

在距離他們十公尺遠的封鎖線內，那個發現疑似爆裂物的垃圾桶旁邊，穿著三十公斤重防爆服的何樂為像個巨大的圓桶，他透過無線電回答李秩：「外觀很像雷管，還有顯示螢幕，末端有一層膠質物體，疑似炸藥。堆八層沙包，直徑五十公尺，通知消防人員，疏散整條街道的人。」

「是。」

所有人聽從何樂為的指示行動，何樂為深吸一口氣，活動了一下手指，輕柔得像撫摸情人一般捧起了那個疑似炸彈的物體。

其實何樂為心裡已經差不多能判斷這是C4塑膠炸彈了。塑膠炸藥穩定性極高，普通火源不能引爆，常常配有雷管，而這個雷管好像配置失敗，並沒有成功引爆。

這種炸藥是恐怖分子最常使用的材料，但在他們這裡卻極其少見，別說張藍，就連何樂為都只見過兩次，還是他在外地實習的時候。此時在沿海城市出現，他擔心是什麼恐怖攻擊，只能先拆除確認再說。

——唉，我還沒談過戀愛啊，我連女孩子的手都沒牽過。老天爺保佑，千萬不要是C４啊。

儘管拆彈時的神情冷酷鎮定，但何樂為畢竟是個二十五歲的年輕人。不知道張藍知道他們的拆彈專家此時想的不是拆彈而是戀愛，心中會作何感想。

在大批員警和消防人員的支援下，整條街的人群都被撤離，商場店鋪也關上大門。疏散完成後，就連警察也都退到了封鎖線外。

中央噴水池廣場空蕩蕩的，只有一個滾圓的龐大身軀小心翼翼地推著一個重達一百五十公斤的爆裂物處理筒。他緩慢地把處理筒推到沙包圈中心，才打開蓋子，搭設好延伸桿、機器人等拆彈器材，調好高速攝影機，退了出去，在距離沙包圈約四公尺的地方通過遠端操控進行拆解。

李秩從來沒有接觸過爆炸案，他只在警校的學習中瞭解過炸藥的可怕，現在那些血肉橫飛的殘肢圖片全都湧進了他的腦海，讓他不禁握緊了拳頭。

「小何很厲害，相信他。」張藍拍拍李秩，「跟我說說徐遙的犯罪側寫吧。」

「啊？」李秩呆了一下才反應過來，「徐老師推測馬天行是一個控制欲極強，具有救世主情結的人。他有可能利用職務，對學生進行精神控制，使他們做出犯罪行為。但目前沒有證據，只能從馬天行的未婚妻許慕心下手，看他是否存在心理誘導的行為。」

「就算他真的對學生進行犯罪教唆，但目前只有高智林進行了高空擲物，不算很嚴重的罪名。」

「除非我們可以證明，高智林其實是針對夏紫雲出手的，那就不是高空擲物，而是蓄意傷人，甚至是謀殺未遂了。」李秩忽然用力地抓住張藍的手臂，「馬天行這種有救世主情結的人，不會甘心只和一個女性有情愛關係；如果許慕心知道他有外遇，有可能不願意跟他結婚，馬天行為了保持自己對外的形象就會加強對她的控制行為，同時拋棄夏紫雲。而高智林是他的學生中心理比較脆弱的一個，他可以誘導他去除掉夏紫雲。」

「好好好，大膽假設小心求證，先把證據找出來。」張藍看了看他被緊抓住的手臂，「這位先生，我也是會痛的。」

「啊，對不起對不起。」李秩連忙鬆手，還順手幫他揉了揉，「我太得意忘形了。」

「自從你見了徐遙，就越來越無法無天了。」張藍低聲問道，「是不是對人家有意思？」

「不可以拿這個來開玩笑。」李秩的臉色瞬間沉了下來，「我不是我爸說的那種人。」

「他也有他的苦衷……」

「有什麼苦衷可以讓一個父親把自己的兒子打成重傷，骨頭都斷了好幾根？」李秩冷冷地反問，「算了，不說了。」

張藍和李秩都是警察世家，當時一整個社區都住著工作性質相關的人。李秩小時候是個非常開朗活潑的孩子，可是在他十歲的時候，他在科學研究中心工作的母親死於一場事故，自從那之後他就安靜了許多。張藍比他大了六歲，十分心疼這個鄰居家的小弟弟，經常帶著他跟其他孩子一起玩。後來他考上警校，李秩的父親李泓變成了他的老師，兩家之間的往來也越來越多。他一直看著李秩長大，看著他慢慢走出喪母的陰影，看著他跟隨父親和自己的腳步考上警校，心中十分欣慰。

但是，就在他在警局裡忙得焦頭爛額的時候，居然聽說李秩差點被李泓打死的消息。他嚇了一跳，一解決案件就急忙跑了回去，但那時候拉著李泓的鄰居卻都語焉不詳，一副不願意多說的樣子。

後來他從李家父子之間旁敲側擊，才終於知道了原因。那天，李秩向李泓坦白了自己的性向，他從小就更喜歡跟男生一起玩，長大後發現了一些跡象，也曾經嘗試跟女生交往，但他發現自己不是雙性戀，只喜歡男生。他思考了很久後才決定坦白面對自己的取向，也希望得到父親的理解。

可是李泓聽完，竟然拿起椅子砸在兒子身上，李秩第一時間都愣住了，完全不敢相信父親會因為這個原因打他。他滿臉鮮血地愣愣看著椅子再次落下，反射性地抬手去擋，當下就被打斷了手臂。這時他才發出慘叫，引來鄰居圍觀，鄰居都是警察，卻幾乎拉不住暴怒的李泓，最後還是張藍的父親趕緊把李秩背到自己家裡，不然李秩就不止斷一隻手了。

張藍一直都不明白，李泓雖然性格嚴肅，但從來沒有任何反感同性戀的表現，囿於傳統，雖然無法完全支持，但也絕對沒有仇恨至此。

這件事成為了張藍這十年來心中最大的疑問，但李泓不願意說，李秩則不想說，只剩他一個人為他們父子日益僵硬的關係著急。有時候連張藍的父親都取笑他，說他到底是誰的小孩。

唉，一日為師終生為父，儘管每次都被李秩冷眼相看，他也只能繼續努力了。

「報告，炸彈拆解成功。」

在張藍默默委屈的時候，對講機中傳來的消息一下子就消除了他的不快，他咧開大大的笑容，回覆道：「收到。現在派人逐步解除封鎖，由鑑識科接手。小何辛苦了。」

「我跟你們回去。」何樂為脫掉厚重的頭盔，防爆服裡露出一張頭髮略長、面容稚嫩的白皙臉龐，但他一雙眼睛卻像鷹隼般銳利，一旦認真起來就有不容拒絕的氣勢，「我覺得這個炸彈有點蹊蹺。」

「蹊蹺？」

「我暫時說不出來，先到警局裡再說吧。」

金匯廣場的情況透過新聞報導傳遍整個悅城，在永安區警察局裡，魏曉萌也開著手機收看即時新聞，直到看到爆裂物拆解成功的消息才鬆了口氣。

「嚇死我了。」全部警察都出動了，只有魏曉萌留守，一邊看著高智林，一邊幫徐遙查資料，她看著專心查看病歷資料的徐遙，忍不住開口搭訕，「徐老師，你在美國的時候，有接觸過什麼爆炸案嗎？」

「我只是教授，偶爾當一下諮詢顧問，沒有實際參與案件調查。」徐遙眼睛都沒抬一下，繼續快速瀏覽著從各大醫院診所資料庫裡搜索到的資訊。不調查還不知道，原來悅城裡叫「許慕心」的居然有五十幾個，排除男性、年齡太老或太小的，還是有將近三十個人。

「那你覺得這是恐怖攻擊嗎？」魏曉萌繼續好學勤問，「在警校的時候曾經教過，如果放置炸彈的目的是恐怖攻擊的話，就會挑選人潮最多的地方，商場也算是人口密集的地方吧。」

「嗯？」徐遙抬頭看著魏曉萌，她俐落的短髮，尖尖的下巴，一雙貓一般的眼睛，十分靈動，「妳也分析過炸彈客的心理啊？」

「不是我自吹自擂，只要是我看過的文字，我都能背下來。」作為一個新人菜鳥，挨罵是常有的事，難得有人表揚自己，魏曉萌笑得眼睛都彎了，「我記得當時老師說，炸彈客通常是男性，不合群，有犯罪行為史，但通常炸彈客容易意外波及自己，所以第一嫌疑人往往都會在受害者之中。」

「那是在美國，美國的爆裂物管理沒有那麼嚴格，常常有人自製炸彈。而在這裡，普通人很難拿到威力這麼大的炸藥，只有從事特定職業的人，才有機會得到原料。既然是他的工作，說明他已經掌握了一定的技術，被波及的可能性就大大降低。他甚至可以利用工作時間來製做炸彈。」徐遙道，「邊境地區之類的地方又另當別論，反正犯罪心理這種東西，必須把當地的風俗習慣和人文背景也考慮進去，不然會出現偏差。」

魏曉萌定定地瞪著眼睛，好一會，她才小心翼翼地問道：「徐老師，你為什麼不去警察大學教書啊？我覺得你一定能把先進的學術和實際情況結合，得出更厲害的理論。」

「我只是紙上談兵，真的要調查案件，完全比不上你們隊長和副隊長。」徐遙無意繼續話題，又埋頭看資料。

魏曉萌看著徐遙的側臉，心想怎麼會有男人長得那麼好看啊：「徐老師，你跟我們副隊長很熟嗎？」

「不算很熟，認識的時間比較久而已。」徐遙察覺到這個小女孩好像在幻想什麼奇怪的情節，他扶了扶眼鏡，正想著要怎麼岔開話題，魏曉萌的電話就響了。

「副隊長……嗯？好的，我去查一下……徐老師？他還在啊，哦，好的，我剛剛也跟他請教了……是，我這就去。」

魏曉萌掛掉電話，把高智林帶到一間小的偵訊室，徐遙疑惑地問道：「怎麼了？」

「副隊長讓我調查一下被高智林砸到的那個女生夏紫雲的資訊，我想不要讓高智林知道比較好，就先把他帶走了。」魏曉萌說著就登入了資訊網站，找到夏紫雲的個人資訊。她看了一會，忽然驚叫：「她的妹妹和高智林是同一個學校的，還是同班同學。」

「嗯？」徐遙也很吃驚，這難道不是單純發洩壓力的高空擲物案件，而是有特定目標的故意傷人？

「我可以看一下嗎？」

「其實按照規定是不可以的，但副隊長特意說了是徐老師的話就可以，之後要寫檢討報告他會負責。」魏曉萌噗嗤笑了一下，「我還沒看過副隊長開玩笑呢。」

徐遙覺得李秩不是在開玩笑，但他沒有辯解，而是湊過去看著魏曉萌的電腦螢幕。

這時，門外傳來一串腳步聲，是張藍他們回來了。魏曉萌連忙站起來：「隊長、副隊長，你們吩咐的我都查好了，現在就去準備簡報。」

「好，大家整理一下資料，統整一下。」張藍看了看徐遙，「你還在啊？」

「聽說你們對高空擲物案件有新的思路。」徐遙看向李秩，「你怎麼會想到夏紫雲跟高智林的關係？」

李秩抓抓頭髮：「你說過馬天行有救世主情結，一般這種人都會跟組織裡多名女性發生關係，所以我想會不會和夏紫雲也有關。」

李秩的思路很正確，也是常見的側寫方法，徐遙不得不承認他是因為私人感情而忽略了這點。他眨眨眼，指了指螢幕：「夏紫雲的妹妹是高智林的同班同學。」

「我靠？真的有關係？」張藍連忙轉過頭看著螢幕，「夏紫雲、夏碧雲……啊，我去百花國中的時候好像看到一個小妹妹一直盯著我，把夏碧雲的照片調出來讓我看一下。」

「好。」魏曉萌啪嗒啪嗒幾下把照片找了出來，「長得挺可愛啊。」

「就是她。」張藍一拍桌子，「這個小妹妹一直盯著我，我還以為是我長太帥了，現在想想，那感覺更像是仇恨的眼神，好像我是壞人一樣。」

「夏紫雲曾經向學校檢舉過，甚至還報了警，但後來撤銷了，只留下撤訴紀錄。」魏曉萌彙報整理好的資訊，「但報警內容因為涉及未成年人隱私，我們沒查看許可權。」

「那不是性侵就是暴力了，馬天行把整個班級變成了自己的皇宮，這個人渣……」張藍說了幾句髒話，徐遙垂著眼睛，李秩抬起手來想拍一下他的肩膀，但最終還是放棄了。

他將遞手機遞給徐遙：「徐老師，你還沒吃晚餐吧，想吃什麼？」

「喂，李秩同學，這麼多人都還沒吃飯，就只知道關心你的偶像。」張藍手一伸往李秩頭上一敲，「來，大家今天辛苦了，這一頓我請客。」

「隊長萬歲！」

「員工餐廳的菜隨便夾。」

「隊長勤儉持家！」

徐遙第一次看見他們同事之間的嬉鬧，忍不住露出一個「你們都是智障嗎」的詭異笑容。

李秩看見徐遙笑了，好像沒有以前那麼高冷，剛剛那股擔憂的心情頓時消散不少，也跟著彎起嘴角。他趁大家都往餐廳跑的時候，拉住徐遙：「你不用跟我們一起去員工餐廳，我幫你點外送？」

「不用了，待會你們隊長又要說你在追星了。」徐遙那抹笑容還沒完全褪去，連嘲笑都帶了幾分溫柔，「我也想看看警察的餐廳到底如何。」

「我們餐廳還不錯，每年評比都是第一。」李秩笑道，「你不是喜歡番茄炒蛋嗎？我們餐廳炒得不錯，但不知道今天有沒有這道菜……」

「你怎麼知道我喜歡吃番茄炒蛋？」徐遙詫異，這個從小說裡看不出來吧？

「額，我說了你不要生氣……」李秩抓抓頭發，「你記得我第一次見到你的時候嗎？」

徐遙皺著眉頭，搖頭表示忘了。

「那一次，你的鄰居檢舉你晚上十二點多才洗衣服，而且你家的洗衣機放在陽臺上，噪音很大，幾乎吵醒了半個社區的人。」李秩說道，「那天我晚上值班，凌晨一點半接到報案，敲門敲了半天你才出來，我說我是警察，過來看看發生什麼事，結果你說你餓了，什麼都不想聽，又把門關上了。」

徐遙尷尬地笑笑：「我這麼囂張的嗎？」

李秩點頭：「後來我發現，你的起床氣特別大。可是我又不能不處理，於是就去買了一份消夜，又來敲門，你還記得你當時說了什麼嗎？」

徐遙不敢回想：「我說了什麼？」

「你說，我要番茄炒蛋。」

「哈哈哈，是嗎？我大概……睡昏頭了……吧……」

「我也不知道自己是怎麼回事，真的又去買了番茄炒蛋，你才願意開門，讓我檢查你們家的洗衣機。後來我又介紹了維修師傅，讓他早上再過來幫你修洗衣機。」

「原來那張電器維修行的名片是你給的啊？」徐遙家大門背面一直貼著一張

電器維修行的名片，老土的紅綠配色完全不像他的風格，但因為真的很需要，他就一直把它留著了。

「我知道你第二天肯定就忘了，所以才貼在門上的。」

李秩一臉得意，他比徐遙高了半個頭，從徐遙的角度看只能看見他潔白的牙齒：「我不是故意為難你的，我當時狀態很不好……」

「沒關係，就當作是一種鍛鍊，多虧了你，我現在說話流利多了。」

「你以前有結巴嗎？」

「不是，我以前比較沉默寡言……啊，有番茄炒蛋。阿姨，幫我裝一份，徐老師你先坐吧。」

「麻煩你了。」

徐遙轉身，發現整個餐廳的人都好奇地盯著他們，平常表情冰冷的副隊長，有時候連隊長都拿他沒轍的副隊長，居然對別人那麼殷勤，那麼寬容？

徐遙一陣莫名心虛，他覺得今天一定是他人生中最尷尬的一天。

徐遙自顧自尷尬地吃完飯，便跟大家一同回到了辦公大廳。

一進門，只見一個拿著手帕擦著額頭、穿著西裝的中年男人正在和值班人員爭吵著。張藍走過去，問發生了什麼事。

「你好，我是高偉，高智林的爸爸。」高偉連忙向張藍表明身分，「我接到電話就過來了，智林他……」

「請到裡面。」

一聽是高智林父親，張藍就把他請到了偵訊室，李秩讓魏曉萌安撫一下高智林，自己則跟張藍一起去詢問高偉。

高偉在偵訊室這個密閉空間裡好像更緊張了，他抓緊手帕不斷擦著臉：「警察大人，我們家小智肯定不是故意的，他最近成績不太好，壓力很大，我又很忙沒時間管他，是我沒有盡到責任，那位傷患的醫藥費我一定會全額支付的，請你幫幫忙吧……」

家長的態度比孩子懇切多了，張藍故意表現出嚴肅的樣子，李秩會意，立刻上前溫和地說道：「不是我們不願意幫忙，但高智林態度強硬，問什麼都不說，他有什麼壓力，在學校裡遭遇了什麼，家裡有沒有疏忽管教，他一律不說，這樣我們也很為難。」

「我說我說，你們想知道什麼，我一定都說，請你們幫幫忙吧！」

李秩點點頭：「那我們先從學校說起，你說他的學習壓力很大，具體是什麼情況？」

「我半年前和老婆離婚，然後小智就跟著我，從鄉下的國中轉學到悅城百花園的學校，起初他成績不錯，還被老師指派參加詩詞背誦比賽，可是比賽成績不太好，只有參加獎。從那之後他的自尊心似乎受到打擊，儘管班導總是鼓勵他積極參與教學，還讓同學幫助他，帶他參加課外活動，但他的成績還是越來越差。他每天都學習到很晚，我有時候半夜起床看見他房間的燈還亮著，發現他趴在課本上睡著了。」高偉一說起高智林就十分心疼，嘆了好幾口氣，「其實我也沒有要他考上什麼名校，只是想讓他開開心心，但他怎麼會把自己逼成這樣呢……」

「你說的班導，是馬天行老師嗎？」李秩從這些話中聽到了一絲違和感，「你說他總是鼓勵高智林，還讓同學一起幫助他？」

「對啊，有一次教學參觀，馬老師沒有像別的老師那樣事先彩排，表演給家長看。他是真的在上課，就算小智不會回答，他也沒有放棄，更沒有批評他，反而表揚他很勇敢。馬老師真的是我見過最好、最負責的老師。」高偉對馬天行的讚揚讓李秩和張藍都皺了皺眉，「對了，馬老師知道這件事嗎？」

「他知道，我下午去通知學校，他也在。」張藍坐直了身體，李秩便往後靠在椅背上，「可是我在學校聽到的風評卻不是這樣，他們說你兒子是班上的害群之馬，浪費老師的時間。」

高偉漲紅了臉：「小智雖然成績不好，但我保證他絕對沒有做壞事，他不是那樣的孩子。就算被別人欺負，他也只會假裝忽視，不會隨便頂撞的，他一直是一個乖孩子。」

「高先生，請你分清楚乖巧和懦弱，如果真的被霸凌還不反擊，其實是有很大的問題。」張藍敲了敲桌子，以威嚇的語氣說道，「我們懷疑你兒子有精神方面的問題，稍後會安排醫生幫他檢查，也會傳喚他參加後續的案件審理。這段期間，請你們不要離開悅城，否則會構成畏罪潛逃，你不希望兒子變成通緝犯吧？」

「我們一定不會亂跑地，請放心。」高偉連連點頭，「如果診斷出有精神問題，是不是會從輕判決？」

「會，但他也必須進行強制治療，你不要高興得太早，這不是犯罪的藉口。」張藍認為高偉應該也是被馬天行洗腦的人，自覺問不出什麼有用的情報，「在此期間，請不要向任何人提到案情進展，包括馬老師，否則出了什麼問題，我們一概不負責。」

「好的好的，我一定會保密。」

「李秩，讓魏曉萌帶高智林過來吧。」

「好的，隊長。」

李秩始終覺得有一股氣堵塞在胸口，高智林是高空擲物的犯人，這已經是罪證確鑿了。哪怕他們找到證據證明夏碧雲和馬天行存在不正常關係，被夏紫雲發現，生氣報警但最終因為不知名原因而撤銷，但馬天行教唆高智林傷害夏紫雲的過程——如果真的有的話——知情者只有高智林一個人。如果他不願意說出真相，不敢揭露馬天行，那麼這個案件就無解。畢竟是他造成的傷害與馬天行無關，他們想為他辯護都無從下手。

高智林並不知道這個身材高大的警察此時對他哀其不幸怒其不爭的複雜心情，只覺得他的眼神十分可怕，彷彿充滿怒火，卻又帶著關懷，他詫異地看了他一眼，便跟著魏曉萌出去見自己的父親了。

送走那對父子，李秩回到工作之中。一進入大廳，所有人已經圍著桌子開始討論案情。高智林的事在案件層面已經結案了，此時張藍正向眾人說明下午爆裂物的案件。何樂為也在，他神情嚴肅地坐在張藍身旁，讓李秩有一種不好的預感。

徐遙坐在最邊邊的位子，一邊聽報告一邊翻著高偉的筆錄，他感覺有人走到他身邊，下意識抬起頭來，只看見李秩走到他旁邊，豎起一根食指按在唇上，朝他做個「安靜」的手勢。

徐遙本來想讓座給他，畢竟他才是警察，還是副隊長，但李秩既然讓他不要說話，他也只好作罷。

「可以確認這是一個引爆失敗的塑膠炸彈，詳細情況交給何隊長說明。」

「大家好，我是何樂為，特警第一中隊的隊長，負責爆裂物處理。這次的爆裂物，是一個以自製雷管為引爆器的輕量級炸彈——大家不要被『輕量級』這個詞誤導，一般的輕量級炸彈就足以炸毀一座三層樓高的房子，絕對可以造成巨大的人員傷亡。」何樂為把一個玻璃箱搬到桌上，裡面是去除引爆物質之後的復原炸彈，「你們可以看到，這個雷管的封口是螺旋紋路，這在雷管製作上十分罕見，也正是因為它的規格不常見，在連接引線時沒有接好，所以沒有引爆成功。」

有人問道：「為什麼這麼說？」

「我拆彈那麼多年，發現了一個規律，只要看炸彈是以什麼方式組裝起來，就會知道嫌犯在想什麼。雷管上有螺旋紋路，那麼在組裝炸藥時，就必須確保粉末完全沒有掉落在螺旋紋路上，不然當嫌犯旋緊蓋子，那一點點的摩擦力都會引起爆炸。而且，這種螺旋紋路不是必要的，製造雷管有更多方便安全的方法，只是殺傷力沒有那麼大而已。」何樂為沉下臉色，「嫌犯為了製造更大的殺傷力，不惜使用這種危險的方法，說明他是針對某個人下手，要他必死無疑。這不是恐怖攻擊，是一起蓄意謀殺。」

「根據我們調閱的監視畫面，今天在垃圾桶附近，只有兩個人曾經逗留了比較長的時間——」張藍看向徐遙，「徐老師，是你和馬天行。」

徐遙抱著手臂不說話，眾人的目光都凝聚在他身上，可是平日裡滔滔不絕側寫罪犯的他卻沒有開口的打算，辦公廳裡頓時一片寂靜。何樂為不認識徐遙，正想問張藍這是哪位，但張藍已經揮手打斷了他：「好了，我們一起去找局長彙報。雖然是沒成功引爆的自製炸彈，但那麼多圍觀群眾，還是要出面說明一下。」

何樂為聳聳肩：「我隨時可以走。」

「李秩。」張藍朝李秩說道，「我們彙報估計要一段時間，這邊就由你負責。」

李秩點頭：「我會注意的。」

「那就交給你了。」張藍跟著何樂為離開辦公大廳，李秩開始著手安排工作。忽然，徐遙拉了一下李秩的手臂：「我不認為馬天行是放置炸彈的人。」

「嗯？」

徐遙的聲音依舊冷冰冰的：「會使用這種螺旋雷管的人，必定對自己十分自信，但馬天行其實非常自卑，他對別人進行的精神控制行為都說明他極度缺乏自信，只能透過這種手段實現自我價值。而且，炸彈客通常都是狂熱分子，迷戀摧毀的快感，而救世主剛好相反，他沉迷於創造屬於自己的王國，不會選擇安置炸藥這種方式。」

「可是，只有你們曾經靠近過那裡……」

「何隊長剛剛也說了，這個炸彈的製作過程很複雜，說明嫌犯是從事特殊行業的相關工作，是一個允許他單獨工作的職業，這樣他才能用精密設備製造爆破裝置，並且不會引人懷疑。而馬天行的學歷、背景以及工作都不符合條件。」徐遙繼續說道，「一個計畫周密的炸彈客，我不認為他會隨機挑選炸藥的放置地點。」

李秩一驚：「你是說，那個炸彈是針對你的?!」

「也有可能是針對馬天行。」徐遙想了想，「如果發現他惡行的人不止夏紫雲，還有另外一個人，而那個人選擇炸死他的話……」

「把他班級裡所有家長的背景都篩查一遍，重點關注從事和爆裂物相關職業，比如煙火、化工，甚至建築工程。」李秩把高智林的案件也一併調了出來，「我們不是要拯救一個惡魔，而是要幫助這個孩子。大家辛苦一點，今天晚上盡快把嫌疑人調查出來。」

「是。」

「那我先走了，不打擾你們工作了。」徐遙覺得自己能幫的忙都幫了，便起身告辭。

李秩喊住他：「徐老師，你自己也小心一點，那個炸彈客也有可能是針對你的。」

「放心吧，從機率上來說……」

「您好，永安區警察局……副隊長！」

突然響起的電話鈴聲和接電話的員警瞬間拔高的聲音讓李秩產生了非常不祥的預感。

張藍和何樂為離開辦公室，一邊思考案情一邊往外走，正好碰上匆匆趕回來的魏曉萌。她剛剛送走高智林父子，錯過了案情簡報：「對不起對不起，辦手續有點慢，我錯過了什麼嗎？」

「喔，我都交代李秩了，妳待會問他……」

「妳錯過了很重要的部分。」何樂為忽然抬起手，搭在張藍的肩膀上，「扶我一下。」

「哈啊？」

「我要暈了……」何樂為猛地深吸了一口氣，並迅速且詳盡地向魏曉萌自我介紹，「悅城特警第一中隊隊長何樂為，二十五歲，未婚，無感情史，無不良嗜好，家裡貓狗雙全，師妹不如我們交換一下手機號碼？」

魏曉萌的臉刷地漲紅，作為一個美少女她經常被搭訕，但這麼直接，還是在辦公場所，她還是第一次遇見。就在她支支吾吾不知道該怎麼回應的時候，張藍已經一巴掌把何樂為推開：「滾，誰是你師妹！別騷擾我們家隊員！」

儘管被殘忍地推開，何樂為依舊不死心地嘗試：「師妹我是好人，真的！不信妳可以問問我們隊員！」

「先辦正事好嗎！」張藍快要氣炸了，怎麼一個精英拆彈專家居然是個隱性痴漢？

「不是要去了嘛……你以為局長會輕易放過我們？」

何樂為看著魏曉萌小跑消失在辦公大廳門後的身影，正唉聲嘆氣的時候，張藍的手機響了。

「喂……什麼?!我的天……事情怎麼接二連三……我馬上過去。」張藍的臉色瞬間變得十分難看，他猛然拉著何樂為，快步往停在門口的警車衝了過去，「局長那裡晚一點彙報，先跟我去容海美食街。」

「怎麼了？」何樂為被張藍拉著大步往外走，幾乎都快摔倒了。

「容海美食街發生火災，消防隊已經出動了，現場還聽到爆炸聲，懷疑有人縱火。」張藍把他塞進警車，「美食街上全部都是餐廳，如果燒起來就一發不可收拾了。」

「餐廳裡還有瓦斯桶，可能會造成連環爆炸……」何樂為倒吸一口氣，「快走！」

張藍他們心急如焚地趕往容海街，徐遙看著他們離開的背影，口中念念有詞：「容海、容海……我是不是在哪裡聽過這個名字……」

永安區這個週末一點也不祥和平靜，從高空擲物到引爆失敗的炸彈，再到美食街火災，事態逐漸升級，悅城市警察總局週一早上召開了媒體見面會，局長向千山發表演說，澄清這些案件都是獨立事件，不是恐怖攻擊，讓民眾安心。張藍也代表悅城永安區警察局進行案情報告。媒體見面會後，張藍又被向千山拉著討論了一陣子，才把他放了回去。

「三天破案？藍哥，你有點狠啊。」

法醫辦公室裡，張藍趴在張紅的辦公桌上，手裡玩著一個水晶球。張紅拍了拍那張跟她十分相似的臉，嫌棄地拿出一張吸油面紙貼了上去：「要是你沒破案被革職了怎麼辦？局長幫得了你嗎？」

「怎麼會？我現在可是有兩個強力的外部支援，再說，大不了我不當警察了。」張藍抬起身體，「然後下半輩子只盯著馬天行，絕對不會放過他。」

「哦，哪兩個外部支援那麼厲害？」

「徐遙，之前連環殺人案件就是他幫忙的，只要李秩去拜託他他絕對不會拒絕。還有一個是何樂為，他經常和炸彈客打交道，對炸藥也比我們熟悉。」

張紅詫異地問道：「剛剛那個是何隊長？他笑成那樣我還以為我認錯人了。他平常不是酷酷的嗎？」

「嘿，因為我把魏曉萌的電話給他了嘛。」

「藍哥……我可以向上級檢舉你你知道嗎？」

「放心放心，我給他的是我們姑媽的電話。」

「姑媽？五十歲了還喜歡用ＡＰＰ把照片加一堆濾鏡拿去騙年輕小男生的姑媽？」

「對，說不定以後何隊長就是我們姑父了。」

「藍哥你也太狠了吧……」

「唉，不說了，局長又找我了。」張藍看了看時間，振作一下精神，準備去彙報情況。

張紅比了個「祝你好運」的手勢，此時助理小阮已經把解剖室整理好了，並把相關紀錄交給她簽名確認。

昨晚容海美食街的火災足足一個小時才撲滅，幸好起火時已經過了用餐時間，不然傷亡會更加慘重。消防隊清理著災後現場，受傷的人很多，全部都被送到容海醫院接受治療。

而送到張紅這裡的，是這次火災中唯二的死者。火災中的死者，大多數都面目全非、全身焦黑，而且會因為掙扎而身體蜷縮，別說身分，連性別幾乎都無法判斷。

「紅姐，那兩個死者解剖完了嗎？」

張紅剛剛簽完名，李秩就趕了過來。他昨晚去了火災現場，又要整理案件資料，連回家的時間都沒有，只在辦公室小睡了幾個小時。此時滿臉灰塵和鬍渣，他大概也覺得這樣有損警察形象，就抽了一堆衛生紙擦了擦，卻把臉擦得更髒了。張紅忍俊不禁，拿了一面鏡子給他：「不敢耽誤你們的時間，剛剛完成了。」

「紅姐就是紅姐，辦事效率從來不讓人失望。」李秩對這個鄰家的大姐姐從小就抱持著敬畏之心，一點也不敢頂撞，「其實大致上已經確認了，兩名死者應該就是小吃店的老闆和老闆娘，街坊鄰居說他們經常在這個時間準備開店。」

「的確，死者是一男一女，但是不是夫妻就要你們負責調查了。」張紅把屍檢報告遞給李秩，「女性死者年齡在三十到三十五歲之間，呼吸道有大量的煙灰，血液呈現櫻紅色，確定是被燒死的。有性生活但沒有生育，左手曾經有骨折的痕跡，按照癒合情況推測是三個月前受的傷；她做過植牙，但很奇怪，是一顆門牙。」

「門牙是假牙很奇怪嗎？」李秩不解。

「植牙一般都是臼齒，因為清潔困難，現代人最容易壞蝕的牙齒都是臼齒，門牙很少承擔咀嚼功能，而且清潔也比較容易，就算是牙齒美容，也是美白居多。會對門牙進行植牙的，通常是門牙斷裂或黑道大哥。」

「黑道大哥？為什麼不是小混混？」小阮忍不住發問。

「因為植牙很貴，小混混做不起。」李秩順便解釋了一下，又繼續詢問道，「我會把牙醫紀錄和骨科紀錄進行對比。那男性死者有什麼異常嗎？」

「男的就更複雜了，你過來吧。」張紅把李秩拉到停屍間，把屍體從冷凍櫃裡拉了出來，「雖然燒成這樣，但後腦勺有明顯凹陷，解剖的時候按下去都是軟的。」

「妳是說，他是先被人重擊頭部，再放火毀屍滅跡？」李秩一驚，「那就不是意外，是他殺了？」

「他在現場被發現的時候是什麼狀態？有被柱子或重物壓在頭上嗎？」

李秩搖頭：「沒有，那裡的店鋪都是用夾板隔出來的，畢竟小吃店汰換速度很快。但裡面雜七雜八的東西不少，會不會是他被燒死後，再被什麼東西砸中？」

「如果是燒死後才被砸到，那外層的焦黑就會出現碎裂，但是沒有。而且，這個擊打的力道相當大，後面的顱骨徹底裂開，腦漿都流出來了，我覺得這不是一次擊打就能造成的傷害。」張紅把屍體封好，繼續說道，「男性死者年齡在三十五到四十歲之間，左膝蓋半月板受過傷，左腳骨折，但是五年前的舊傷。他體格強壯，要對他造成這樣的傷害，對方也要有一定的力量，不過，他體內的酒精含量很高。」

「所以有可能是他喝醉後失去反抗能力，被人擊中後腦勺而死，然後老婆也被滅口？」李秩自言自語，卻又搖了搖頭，「不對，女性死者身上有捆綁的痕跡嗎？」

張紅搖頭：「沒有，她應該是吸入過量濃煙，窒息昏迷，然後被燒死的。」

李秩皺著眉頭回憶火災現場：「不可能啊，美食街是平地，所有小吃店都在一樓，店內空間不到十平方公尺，門口完全沒有遮擋物，只要沒有失去意識或被限制行動，就算用爬的也爬出來了，怎麼可能被窒息燒死？」

「哦，我知道了。」小阮忽然打了個響指，「是他老婆殺了他然後放火自殺。」

張紅跟李秩同時瞪了她一眼，小阮縮了縮脖子：「我說錯了嗎？」

「一般縱火自殺的人會先吃安眠藥。」張紅心想這個助理的實習又要延長了，「被火燒死的人會掙扎，會不由自主發出慘叫，尤其在美食街這種人多的地方，有可能在死之前就被救出來了，那完全就是生不如死。但女性死者身上沒有藥物反應。」

「她沒有被綁住，意識也很清醒，又不叫不逃……那就是她強忍著火燒的痛苦，一聲不吭被濃煙嗆暈，然後被燒死了？」小阮打了個冷顫，「不不不，這也太可怕了……」

「紅姐謝了，我先去工作了。」

李秩忽然有種奇怪的感覺，他拿著報告衝回辦公室找魏曉萌：「昨天徐老師說要調查的許慕心的醫療紀錄在哪裡？」

「在這裡。」魏曉萌拿出一份被紅筆圈了好幾個地方的資料，「這幾個是徐老師圈出來的，但並不能確認哪個才是馬天行的未婚妻。」

李秩順著紅筆圈起來的部分一一翻查，果然看見了一個有左手骨折和植牙紀錄的許慕心。

「申請搜索令，跟我去搜馬天行的家。」

容海醫院住院部，才剛剛到探訪時間，但前來陪護病人的家屬早已在門外等候，時間一到就提著各自準備好的用品魚貫而入。

在這樣的情景中，一個穿著國中制服的男孩顯得非常突兀。大家有意無意地瞥了他一眼，而他只是垂著頭躲避旁人的目光，快步往裡面走。

他在一個名牌上寫著「夏紫雲」的病房外停住腳步。

「成年人的顱骨非常堅硬，莫氏硬度介於三到四之間。」忽然，一個陌生的男人出現在少年身後，他只覺得這張臉有點眼熟，卻想不起來在哪裡見過。

戴著碩大金色圓框眼鏡，染著淺栗色頭髮的男人無視高智林警惕的樣子，繼續說道：「但從四樓砸下來的玻璃瓶，在重力加速之下會產生很大的撞擊力，如果當時她不是低頭滑手機，讓硬度最大的頂骨朝上，避開額骨和頂骨的交接處，說不定她就活不下來了。」

「那她現在情況怎麼樣？」高智林忍不住問。

「你覺得她是一個好人嗎?」男人話鋒一轉，「這個女生去告了馬老師。」

聽到「馬老師」三個字的時候，高智林的臉色沉了下來，他低聲問道：「你認識馬老師嗎?」

「我是他的同學。」徐遙讓高智林在走廊的椅子上坐下，面對個性怯懦的孩子，並排而坐這種壓力較低的談話方式比面對面更好，「你知道他在大學是就讀什麼科系嗎?」

高智林搖頭。徐遙又說道：「心理學。」

高智林一愣，把頭轉了過去——這是一個好現象，說明他感興趣了。

「在我們的專業裡，有一種心理現象叫作『霍桑效應』。起初，他們在位於伊利諾州的霍桑工廠中想找出什麼樣的工作環境才能讓工人工作效率最高。於是他們找了六個女工，把她們放進一個獨立的工作間，每週為她們設置不一樣的工作條件。可是，六個星期過去了，卻發現無論在什麼樣的工作條件下，她們的工作效率都是一樣的，甚至越來越高，無論條件是好是壞。」徐遙並不著急對高智林進行心理輔導，他娓娓道來，好像只是在講一個故事，「他們很不理解，於是去詢問那六個女工。原來，女工們都認為自己被選中是十分值得驕傲的事，而且她們的工作效率會成為大家關注的重點，成為行業的參考，所以無論工作環境被設置成什麼樣子，她們都會卯足全力克服困難，提高工作效率。因此，實驗人員得出了一個結論，透過操縱客觀條件，區別對待一個人，密切地關注他，使他感覺到自己是特別的，這會對他產生很大的壓力。此時，再讓他知道人們期望他做什麼，只要沒有特別需要拒絕的理由，他就會盡一切努力按照他人的期望去完成這件事。」

高智林聽著聽著，臉色變得更凝重了，眼睛不自覺地往左上方移動。徐遙知道他說的話觸及了他回憶中的類似事件：「很多有經驗的老師會把班上最好動頑皮的學生選為『班長』，讓他去管理別的學生。當他被賦予這份期待，他就會自覺地表現得更好。你剛剛轉學到這裡的時候，是不是覺得自己和都市裡的小孩不同，但老師卻對你很好，經常表揚你，同學也很照顧你，帶你到處玩，所以你很開心，覺得自己被大家接受了，覺得自己一定要表現得更好，才不會辜負老師和同學？」

但是我失敗了，我並沒有像那些女工一樣表現得更好。高智林逐漸浮現出沮喪哀傷的神情，但他依舊一言不發，只是抓緊了膝蓋上的褲子。

「可是很快，那些女工再也無法提升工作效率了。這很正常，凡事都有極限，一般的女工並不會因為自己一天無法組裝一萬件商品而感到沮喪，但這些女工會，她們感覺自己辜負了大家的期望。期望越高，當期望落空時的負面情緒也會越深重。後來，那些女工主動提出退出實驗，或者調到普通工作間，甚至不漲薪水，以此減輕辜負大家期望而帶來的內疚。」徐遙這才轉過臉，他扶了扶眼鏡，撥開瀏海，看著高智林問道，「那你呢，你為此付出了什麼？」

高智林一愣，我付出了什麼？

我什麼都沒有付出啊。我沒有贏得比賽，但同學沒有嫌棄我，依舊每天和我一起玩，那我幫他們撿球，請他們喝飲料也很正常啊，我付出了什麼？

我什麼都沒有付出啊。我成績不好，但老師沒有放棄我，還特別關心我，就算讓我抄再多的單字，背再多的課文，也都是為了我好，我付出了什麼？

我什麼都沒有付出啊。我讀書不好體育不行，長得也不是很好看，但爸爸從來沒有把我跟別人的孩子比較，就算教學參觀我回答不出老師的問題，他也沒有罵過我，還賺錢養我讓我讀書，我付出了什麼？

「我、我什麼都沒有做好……我根本沒付出什麼……」高智林覺得自己的腦子很奇怪，自己明明沒有付出過什麼，聲音卻抑制不住地哽咽。他揉著眼睛想控制自己，但徐遙的眼睛像X光一樣凝視著他，他覺得自己腦海裡那些名為的「期望」的惡夢在他面前幾乎無所遁形，展現出可怕的醜陋。他把臉埋進掌心，眼淚一串一串地流了下來。

「那些女工的期望是霍桑工廠種下的，那你的期望又是誰種下的呢？」徐遙沒有勸他，只是塞了一包衛生紙到他手裡，「為什麼你要特意從家裡帶著玻璃瓶，在金匯廣場那個特定的地方丟下去？」

「我只是很難受，馬老師說過，小孩子發洩一下脾氣是被允許的……」高智林抽泣著，「我只是想發脾氣……但我停不下來。當砸壞別人車子的時候我很害怕，我告訴馬老師，但他說哪個男孩子沒有犯過這種錯，可是以後不要在社區亂丟東西，會砸到鄰居，如果去開闊一點的地方就沒問題……」

「你不准汙蔑馬老師！」

徐遙正認真聽著，一個女生忽然衝了過來，撲向高智林，徐遙來不及阻攔，她已經在高智林臉上甩了好幾個巴掌：「是你自己不要臉！居然敢汙蔑馬老師，我一定要打死你！」

「住手。」徐遙大聲喝止，推開那個女生，「這裡是醫院。」

「誰准許他到醫院看我姐姐了？我是受害者家屬，我不允許他來，我不允許！」

原來這個女生是夏紫雲的妹妹夏碧雲，高智林的同班同學。她似乎化了淡妝，年僅十四歲看起來卻已經亭亭玉立，只是此時面目猙獰、張牙舞爪，有一點瘋女人的味道。

「警察辦案，需要妳的批准嗎？」

徐遙正不知道該怎麼辦的時候，只聽見走廊轉角走出來一個高大的身影，他拿出象徵威嚴的警員證和一張照片：「高智林，你確認一下，這是不是你在金匯廣場砸中的人？」

高智林認得李秩，連忙點頭：「是的，她是碧雲的姐姐……」

「不要叫我的名字，噁心！」夏碧雲完全無視李秩，依舊口出惡言，「別以為我不知道，你們想說他是精神病，讓他被無罪釋放！我告訴你們，他不止猥瑣下流，他還是一個殺人犯！他想殺死我姐姐！你們想幫他也沒用，我一定會曝光他，大家都是未成年，誰怕誰啊！」

「小孩子怎麼可以說這種話？」李秩皺眉，剛想教訓她，就被徐遙抓住手腕制止了。

「你先送高智林回去吧，我待會去找你。」徐遙補充道，「不要送他回學校了，送他回家吧。」

「好。」李秩壓下怒氣，看了看那個瘦弱的少年，伸手摟過他的肩膀，「走吧。」

儘管被打了幾巴掌，高智林卻沒有生氣，他揉著眼睛跟著李秩，直到坐進車子還在啜泣，李秩把衛生紙遞給他：「別用手揉眼睛。」

高智林接過衛生紙：「對不起，我太沒用了，對不起……」

「沒有人需要因為喜歡上一個人而道歉。」李秩抓住他的肩膀，逼他抬起頭來，「無論你喜歡誰，無論對方喜不喜歡你，你的喜歡都不是一個錯誤，只要你沒有以喜歡的名義傷害對方，你就沒有對不起任何人，你不需要道歉。」

高智林被李秩強硬的語氣嚇了一下，結結巴巴地說道：「可是我、我寫了情書……」

李秩一愣：「你把情書給她了嗎？」

高智林搖頭：「我寫在日記裡。」

「那她怎麼知道？」

「他們讀了我的日記……」

「那該道歉的是他們，跟你沒有關係。」李秩笑了笑，揉了揉他的頭，「你為什麼不告訴警察姐姐，你在學校被人欺負呢？」

高智林搖頭：「我沒有被欺負。」

「他們朗讀你的日記還不算欺負你？」

「他們說碧雲會喜歡我的，他們說我只是太內向了，只要我向她敞開心扉……」高智林突然想起徐遙的話，一時間也分不清楚那些行為到底算不算欺負。

「如果你沒有被欺負，你為什麼要用砸東西的形式釋放壓力？」李秩道，「打破夢境、面對現實是很痛苦，但這些痛苦是你內心真實的反映，而不是某些意圖不軌的人塞進你嘴裡、裹著糖衣的毒藥。你明白我的意思嗎？」

「馬老師……有時候會帶我們去課外教學……」

沉默良久之後，高智林終於說出了這半年馬天行帶他們進行的、那些所謂的「課外教學」——也就是他對班級實施的洗腦活動。李秩耐心聽完，才用力地抓住他的手，認真問道：「我要問你一個問題，你想清楚了再回答。」

長時間的陳述好像讓高智林精疲力竭，他癱軟在座位上，滿臉都是淚痕，但他還是點了點頭。

「馬天行有沒有命令或暗示過你，讓你在上週六的中午，在金滙廣場把玻璃瓶砸到夏紫雲頭上？」

高智林竭力思考了一陣子，疲憊地搖頭：「沒有。」

「你休息一下，我送你回家。」

李秩把高智林送回家中，叮囑他暫時不要回學校後，就急忙趕回醫院。但車子開到半路，就接到了徐遙的電話：「在警察局碰面吧。」

「不，我要去醫院找一些線索……」

「何銀川的醫療紀錄，我已經通知魏曉萌去調查了。」

李秩瞪大了眼睛，驚訝道：「你怎麼知道何銀川？你怎麼知道我要找她的醫療紀錄？」

「你先回來吧。」徐遙頓了頓，「你已經連續工作三十個小時了，我建議你搭計程車回來，疲勞駕駛害人害己……」

「謝謝徐老師關心，我一定會非常小心的。」

儘管徐遙的語氣依舊冷硬，但就像飢餓的人吃什麼都覺得是人間美味，平時冷漠的作者大人偶爾表現出一點關心，讀者小粉絲的內心就颳起了彩虹風暴，李秩的嘴角揚起大大的笑容，他甚至懷疑徐遙是不是故意刺激他，讓他腎上腺素飆升，反正他現在絕對不會睡著了。李秩止不住地笑了好幾秒，才趕緊拍拍臉頰恢復平常的樣子，開車趕往警局。

李秩回到局裡，沒想到一進門，就迎面走來一張討厭的臉。上午他才帶隊去馬天行家搜集ＤＮＡ，還把他帶回來詢問關於許慕心的事情，怎麼還不到二十四小時就放他走了？

「他怎麼走了？」李秩狐疑地向王俊麟問道，「DNA檢驗出來了？」

「出來了，被燒死的女性就是他的未婚妻許慕心。」王俊麟聳聳肩，「其實算是老婆，他們已經登記過了，只差舉辦婚禮。」

「那訊問過了嗎？」儘管是受害者家屬，但李秩想到他對那些無辜學生的惡行，就完全無法同情他，「他有沒有說為什麼他的老婆會出現在田赫的店裡？」

「隊長親自訊問的，但是他說自己什麼都不知道，他們從來不去小吃店，連美食街都很少經過，也不認識田赫，」王俊麟不屑地撇撇嘴角，「我覺得，肯定是老婆出軌，他為了面子死不承認。」

不對，像馬天行這種有強烈控制欲的男人，被他殘害的女人根本不敢出軌，就算不堪折磨，產生了求救的想法，也絕對不會以出軌的形式去找另一個男人。這完全不符合受到精神控制的人的側寫。李秩幾乎馬上就否定了這個判斷，但他沒有說話，只是皺著眉頭走進辦公大廳。

徐遙還是坐在圓桌的角落，他看見李秩走進來，推了推旁邊的椅子：「坐吧。」

「謝謝。」李秩坐了下來，突然發現辦公室裡異常安靜，平常經常嘲笑他的張藍不見了，「隊長呢？不是說他訊問過馬天行，怎麼就放他走了？」

「說起來就生氣，隊長正在訊問，忽然就被叫走了，好像說我們沒有告知家長就逮捕未成年人，造成百花國中家長會的不滿。現在又逮捕了他們重要的老師，對學校和學生產生了很大的影響，他們的家長會裡有教育部的人員，就跑來跟我們抱怨……」魏曉萌聳聳肩，「我真搞不懂，學生家長怎麼會支持這種人？」

「其實很簡單，所謂的精神控制並沒有太高深奧妙。馬天行採用的方式，是最簡單的獎懲化管理。在一個封閉的空間或假期的學校就可以進行，沒收手機，斷絕外界通訊，透過運動消磨氣力，透過食物和飲用水的分配體現權力，透過剝奪睡眠實行懲罰，再對幾個學生施以小恩小惠，讓他們掌握一定的特權，比如可以優先得到好吃的零食，他們就會自動變成他的下屬，幫助他鞏固信賴與權威。兩三天的課外教學不難申請，而且教學過後學生的表現都『比以前聽話了』，家長當然特別支持。」徐遙解釋道，「透過電擊戒除網路成癮的症狀也是同樣的原理，只是電擊加大了懲罰的力度，不只讓人聽話，更感到恐懼。」

「不聽話？不就是沒有符合父母的期待而已，這種雙親本質上跟馬天行一樣，都是控制……」李秩意識到自己失言，生硬地轉了話題，「馬天行的嫌疑完全排除了？」

「嗯，監視畫面顯示案發時他在健身房，何隊長說美食街火災主要是火源引起瓦斯桶爆炸，並沒有定時炸彈，而監視器顯示那天只有田赫和許慕心進入了那家小吃店。」

魏曉萌把相關資料截取出來給李秩看。在下午四點左右，也就是眾人都在關注金匯廣場那個沒有引爆成功的炸彈的時候，田赫腳步不穩地來到店裡，看起來像是喝醉了。然後直到晚上九點左右，晚餐時間結束，又還沒到消夜時段，許慕心出現了。平常顧客都會稍微低頭觀看小吃店的宣傳菜單，她卻抬頭看著招牌，明顯是有目的性地尋找田赫的店面。她進去以後，過了大概半個小時，店鋪突然冒出濃煙，引起附近商家的注意，隨後便發生了瓦斯爆炸，引發火災。

「許慕心為什麼要殺田赫？」魏曉萌把兩人的資料遞給李秩，「職業、人際關係、興趣或親朋好友，他們幾乎沒有任何交集。」

李秩沒有回答魏曉萌的問題，他轉向徐遙問道：「何銀川她……」

「她就是那天在咖啡廳裡的服務生，我剛剛看過照片，認出來了。你們再看一次錄影，應該會看到她在垃圾桶旁邊疑似放置炸彈的動作。」徐遙點點頭，好像已經知道李秩心中的猜測，「半年前，許慕心去容海醫院植牙，她說是走路跌倒，但根據醫生回憶，她臉上的傷勢不像是跌倒造成的。可是她一直堅持，醫生也沒辦法，只能幫她清理傷口，進行植牙。過了兩個月，也就是四個月前的深夜，她又一次來到容海醫院，這次是左手臂骨折，她還是說自己是不小心跌倒的，而同一時間，被老公踹了一腳流產的何銀川也被送到了容海醫院……」

徐遙說到這裡就停住了，魏曉萌這時才反應過來，眼眶微紅：「你是說，她們兩個人合作，約定殺死對方的老公？」

「找到證據是你們的責任，不是我。」

徐遙深深地嘆了口氣，看向窗外。外面的天色已經暗沉，一天又即將過去，在那兩個女人的世界裡，這樣昏暗的天色到底維持了多久呢？

在深不見底的黑夜裡，在瀰漫消毒藥水味道的冰冷醫院裡，兩個飽受精神和肉體折磨的女人，常年的控制讓她們連向陌生人求救的勇氣都沒有。她們可能只是看了對方一眼，就透過無助的眼神確認了對方也是同類，從對方強忍眼淚的微笑裡看出了一樣的絕望，知道自己在這個世界上並不是唯一一個受到這樣殘忍對待的人。

就已經明白，她們都願意為了讓對方免於遭受一樣的苦難而犯罪，甚至不惜犧牲自己的性命。

「等一下，何銀川沒有成功啊？」李秩忽然說道，「許慕心為何銀川殺死了田赫，但馬天行並沒有被炸死……那她會不會對他進行第二次謀殺？」

「你們一直沒有找到何銀川嗎？」徐遙皺眉。

「沒有，房東說她回鄉下，已經兩天沒看到人了，電話也打不通。」魏曉萌連忙調出馬天行的手機定位，「馬天行正在去百花國中的路上。」

「馬上派附近的員警過去，徐老師，麻煩你打電話提醒他一下。」李秩頓了頓，「除了你，別人說的話他都不會在乎的。」

「我明白了。」徐遙點點頭，拿起手機打給馬天行。

但是，電話並沒有人接聽。

何銀川是一個普通的女人，沒有長得特別難看，也沒有非常好看。從小她就覺得自己跟其他人差不多，家人雖然疼愛哥哥弟弟多一點，但別人的家務也都女孩子做的，她覺得這沒什麼。儘管斷斷續續地在農閒時間升到了五年級，但別人的女孩也都是國中就出去工作了，於是她就跟著大姐姐們一起到外面的工廠工作。在工廠裡有很多跟她一樣的女孩，大家上班下班，供吃供住，每個月還有薪水可以領，拿出一部分當自己的生活費後，她也跟大家一樣把錢寄回家裡。

她第一次意識到自己是不一樣的，是工廠裡來了幾個暑假來打工的高中生。

她們都是十七八歲，穿著一樣的工作制服，綁著一樣的馬尾，但就是與她們有些不同。她們聊天的聲音，說話的內容，走路的姿態，甚至看著別人說話的樣子，都有些不同。

她覺得這大概就是知識的差距吧，她們讀了很多書就是不一樣。聊天的聲音都是小小聲的，說話時不談論家事，好像同學、老師、遊戲和明星才是更值得被討論的東西；她們走路時會互相挽著手，上廁所都要一起去，說話會看著別人的眼睛，完全不怕對方生氣。

那幾個暑假打工的女生離開工廠回到學校時，她忽然有些難過。她說不出為什麼，只是回望著那些從小到大都覺得「沒什麼不同」的東西，覺得一切好像都不再「相同」了。

她從這間工廠轉移到了另一間工廠，電視新聞天天播報著「工人短缺」，但她不確定自己是不是工人之一。她指著招聘廣告上面的薪酬待遇問道：不是說一個月薪水兩萬五包含食宿嗎？怎麼才拿到一萬八？

工廠的經理說，那是男性資深工人的待遇。

我也是資深工人啊。

說出這句話的時候，何銀川自己都驚訝了一下，好像有生以來第一次意識到

「我」和「男性」是兩個對立的詞彙。

但她沒有把這種驚訝告訴任何人，因為她不想讓自己變得跟大家不一樣，她依舊在工廠上班，拿著薪水，寄錢回家，休息時在宿舍餐廳裡看各種電視劇。

有時候，她看著電視劇裡那些獨自奮鬥的女主角，就會安慰自己：妳沒有別人那麼高的學歷，就不要妄想那些不切實際的東西了。而且，再怎麼堅強的女人，最後都要結婚生子嘛，因為電視劇都這樣演的。

她這樣想著，一直到了二十六歲。這是她離開家工作賺錢的第十年，她想自己至少擁有一樣跟城市裡的女性相同的東西——一個可以依靠的男人。

她透過家裡安排的相親，嫁給了同樣在悅城工作的田赫。

這是她第二次意識到自己和別人不一樣。

田赫一開始很正常，但他喜歡喝酒，每次喝醉了就會打人。何銀川也見過別的男人打人，她的爸爸也打媽媽，儘管看過很多次被鄰居相勸的「床頭吵床尾和」，她還是感覺出了不一樣。

第一次被打的時候，她的左眼腫了三天，完全看不見東西。第二次，眼睛的紅腫都還沒消退，又被抓著頭髮撞在桌子上，頭破血流。然後是第三次，她就算再遲鈍，也知道這樣下去她會死的，死了就沒辦法賺錢，就沒有人寄錢回家。

何銀川偷偷打電話給媽媽，問她該怎麼辦？媽媽說夫妻爭吵很正常，等妳生了孩子，他的脾氣就會變好了。

好像也是，跟她同年齡的人都已經當媽媽了，她還沒有，也許這就是她老公「不一樣」的原因。

於是她到處詢問偏方，每天喝各種中藥都快喝吐了，也要想盡辦法懷孕。

終於，孩子來了。

可是，孩子又離開了。

她躺在病床上，木然地看著天花板，醫生跟她說孩子流產了，讓她以後多加注意身體，但她一個字也聽不進去。

為什麼呢？為什麼我跟別人不一樣？是因為我沒有足夠的學問嗎？因為我沒有漂亮的外表嗎？因為我沒有辦法賺很多錢嗎？

何銀川又一次想到她十八歲時認識的那幾個打工的高中女生，她猛然意識到是什麼讓她們不一樣。是沒有兄弟爭奪父母的寵愛，是沒有繁重家務拖累的學業，是沒有被安排好的愛情，是沒有固定人生的、充滿期待的廣闊可能性。

她在病床上放聲痛哭，醫生和護士以為她承受不了失去孩子的痛苦，安慰了她幾句，又趕忙去救治另一個病人。

很久以後，也可能沒過多久，另一個女人也被送到了同一間病房。她左手打著石膏，渾身瘀青，長髮微捲，穿著剪裁合身的棉布長裙，儘管臉色蒼白，但一看就是和何銀川完全不同的精緻五官，是她在電視劇裡看到的、那種讓她羨慕的女人。

可是她的眼神卻和她一模一樣，有著同樣的驚恐與無助，讓她忍不住多看了幾眼。

然後她徹底呆住了。那個女人正是當年暑假來打工的高中女生之中，據說成績最好的許慕心。

許慕心感覺到了她的目光，可是她只是驚慌地低下頭，躲進了被子裡。

為什麼？為什麼妳也淪落到如此可憐的境地？妳不是應該擁有一切我連做夢都不敢奢求的美好，無憂無慮幸福地生活嗎？

「為什麼連妳也這樣？為什麼？」何銀川忽然撲了過去，抓住許慕心大哭了起來。

許慕心十分害怕，可是她沒有發出任何一聲求救，就好像她已經遺忘了自己的本能。

她一直看著何銀川，一直聽著她胡言亂語地質問她為什麼過得不好，久遠的記憶終於浮現，她想起了一個面容模糊的女工朋友，一個十幾年前她曾經在心裡看不起的、認為她眼界狹隘的工人少女。

哦，原來我跟妳也沒有什麼不同啊。無論起點在哪裡，最後都掉進了同樣的深淵。

我們本來就是一樣的。

許慕心用右手抓住何銀川，流下了無聲的眼淚。

從那以後，她們借著複診的名義在醫院見面。她們每次見面說的話都不超過十句，她們害怕被人發現，明明沒有人看著，她們也總是感到恐慌。

許慕心最後一次來到容海醫院的時候對何銀川說道：我受不了了。

何銀川說：我幫妳殺了他。

沒有開頭，沒有結尾，沒有計畫，她知道她想要什麼，她決定為她完成心願。

我無力拯救自己，但至少要讓妳逃離地獄。

但她失敗了，她果然是一個一事無成的女人。

可是許慕心卻遵守了她的諾言，把她那個健壯可怕的老公燒成了灰燼。

她擁有的知識不多，但她最常在電視劇裡看到的一句話，就是「君子一言，駟馬難追」。

答應過妳的事情，我一定會做到。

這句話本來應該是男主角說給女主角聽的啊，可是我們的男主角在哪裡呢？

沒關係，那就讓我說給妳聽。

何銀川把一疊厚厚的報紙拆開，露出一把銀亮的水果刀，刀刃剛好長二十公分，足夠穿透人體。

她昂首挺胸地走了出去，彷彿人生中第一次為自己而邁出步伐。

在門被警察敲響的時候，馬天行感到十分意外。他並不認為警察能從高智林口中得到能夠指控他教唆傷人的證詞。就算他說了，也沒有任何證據證明他說的是真話，一個精神狀態如此糟糕的未成年人，他甚至可以反咬一口，說警察為了破案，對高智林進行威逼恫嚇，誘導他說出對自己不利的證詞。他有許多的學生和家長支持，根本不擔心徐遙的警告。

但他沒想到，警察的到來居然是因為老婆許慕心。

許慕心也是老師，充滿愛心，思想單純，最重要的是有家庭背景不錯的雙親，讓他第一眼見到她時就認定了這個老婆人選。在留學才子的光環下，稍微運用一點心理學的知識，這一生都被父母保護著的許慕心很快就淪陷了。她深信自己發現了一塊璞玉，卻沒想到那是一罐加了蜜糖的砒霜。

她明明已經被徹底馴服，為什麼竟然沒有跟他報備就出門了，而且還是去見一個低賤的男人，最後甚至死在那裡？

他其實是為此感到傷心的，他花了一年多的時間才把她馴服，現在她一死，為了對她的父母表示衷心，他至少也要哀悼兩三個月，而後才能繼續尋覓適當的老婆人選。畢竟要進入學校管理階層，一個美好和諧的家庭是很重要的。

接受過教育的女人果然比較難以控制，像夏碧雲那種小女生就很容易了。只要讓她相信自己正處於一段驚世駭俗離經叛道不被世人祝福只能在黑暗中相守的、電視劇般的真愛中就可以了。這個年紀的小女生可以說什麼都沒有，只有時間可以浪費；也可以說什麼都有，卻沒有理智思考的能力。荷爾蒙的作用遠遠大於理智，就連姐姐都被她歸類成「庸俗的人」。

不過他慶倖自己沒有跨越那條界線，不然夏紫雲報警時他就沒辦法理直氣壯地說要帶夏碧雲去醫院檢查了。而這個舉動更讓夏碧雲感覺自己的愛情受盡屈辱，毫不猶豫答應了「要讓那兩個噁心的人受到教訓」的提議。

馬天行一邊想著許慕心的死會對他造成什麼影響，一邊思考高智林有沒有說出不利自己的證詞，一邊又擔心夏碧雲會不會做出過激的行為，他苦心經營的王國突然變得搖搖欲墜，他咬牙催眠自己，他不可能一輩子都輸給徐遙，徐遙能做到的事情，他自然也可以做到。

回到學校時天已經完全黑了，他約了夏碧雲和校長一起見面，讓她對校長哭訴高智林曾經在大庭廣眾下說過自己是他的幻想女友這種相當於性騷擾的事情，他要把高智林在眾人心中的形象塑造得更不值得信賴，這樣才能映襯出他的無辜。

走進教學大樓前，他看見一個人從腳踏車車棚後面走了過來。起初他以為是某個晚自習的學生，但等她走近了，卻發現是一個面容憔悴的中年女人。

大概是學校新聘用的清潔人員吧。

素未謀面的陌生女人並沒有讓馬天行警惕的價值，他快步走進教學大樓，想盡快和夏碧雲見面，再強化一下對她的暗示。

忽然，那女人從後面撞了他一下。他剛想回頭破口大罵，可是他卻動不了了。帶血的刀尖從他的小腹穿了出來，像懲戒罪人的刑具，將他釘在原地。

「他死了嗎？」

張藍剛安撫完學生家長，一回到辦公室就接到了何銀川謀殺馬天行的報警，恨不得自己有分身術可以同時出現在好幾個地方。

「在搶救……好，你負責看著，還有，通知夏碧雲的父母看好她，別讓她做出殉情這種的傻事。我？我當然要趕緊寫報告啊，局長這次肯定要罵死我。」

就在張藍氣急敗壞地處理一堆事情的時候，魏曉萌正和另一個女警一起幫何銀川做筆錄。這是徐遙提議的，他覺得複數以上的女性更容易讓她開口，女警也能更加理解她想表達什麼，不會擅自幫她進行籠統的總結。

李秩不解，警察在做筆錄時，會適當地把一些話語進行概括，畢竟不是所有嫌疑人都能夠完整通順地描述犯罪事實。可是，他可以保證絕對沒有擅自總結的行為：「徐老師，筆錄我們都會進行複述，經嫌疑人確認無誤，我們才會做為證據採用，並不會擅自下結論……」

「前天，我家裡的水管爆了，那些不時檢舉我的鄰居都跑來找我，把剛在警局忙碌了一整天的我團團圍住，要求我賠償不該由我全部負責的裝修費用。接著，一個來調解的警察說我那麼有錢就賠一點錢也沒關係，我心裡很火大，於是我想出去喝酒抒發一下心情。結果開啤酒的時候，啤酒蓋打到了隔壁的人，他罵了我一句『幹你娘』，而那天還剛好是我母親的忌日，於是我用玻璃瓶砸破了他的頭——這是事實。」徐遙看著李秩的眼睛，表現出前所未有的嚴厲，「請問李警官，我因為心情不好，於是和他人發生口角，打傷了他的頭——這是事實嗎？」

李秩一愣：「當然是事實……」

「事實決定罪名，但細節和情感決定量刑。李警官，對於遭受家暴的女性來說，細節和情感才是最需要被聽取的部分。」徐遙微微揚了揚下巴，對認真聽著何銀川說話的魏曉萌投去一個讚許的目光，「這點你應該跟魏曉萌學習。」

李秩順著徐遙的目光看去，他認為警察應該要表現得雷厲風行，所以總是批評活潑可愛的魏曉萌，但現在他發現自己過於自大了。他憑什麼自以為是地認定，這個職業只需要一種性格的人呢？

他決定等案子結束後，請魏曉萌喝一杯奶茶。

徐遙覺得沒什麼重要的事了，正準備回去，李秩送他離開。但兩人剛踏出走廊，張藍就攔在徐遙面前：「你是故意拖延時間的嗎？」

徐遙眯了眯眼睛：「你在說什麼？」

「你明明知道何銀川要去殺馬天行，可是你不但沒有阻止，還在李秩發現何銀川這個線索的時候，故意讓他送高智林回家，而且在電話裡也不說清楚，直到把他叫回警局才說明來龍去脈。你是故意拖延時間，讓何銀川有機會下手，對不對？」張藍指著徐遙，「你認為從法律途徑很難起訴馬天行教唆未成年人故意傷人，於是讓何銀川充當降下懲處的執法者。你以為你自己是誰？正義的法官嗎？」

徐遙面無表情：「在來到警局看見何銀川的照片之前，我根本不知道她在發生爆炸的地方工作，你相信也好，不相信也好，這些都與我無關。」

說罷，徐遙頭也不回地走出警局。李秩想追上去，卻被張藍拉住了：「你想幹嘛？你是來工作還是來追星？給我滾回去工作。」

「張藍隊長。」李秩一把抓住張藍的手喊了回去，「你看看現在到底是誰不冷靜？就算我喜歡徐遙，也跟我的工作沒有任何一點關係。你跟我爸一樣，口口聲聲說為了我好，其實只是想控制我罷了。」

被李秩吼了一聲的張藍愣了愣，他煩躁地抓著頭髮，轉身踢了垃圾桶一腳：「媽的！幹你娘的職業道德！」

李秩也被張藍的怒火嚇了一跳，他抓住煩躁地來回轉圈的張藍，逼著他正視自己：「隊長，我知道你不是那種人，但從一開始你就表現得很奇怪。告訴我原因，你為什麼一直提防著徐老師？你為什麼一直覺得他不是好人？」

「我說幹你娘的職業道德你懂不懂！」張藍推開李秩，點了菸吸了一口，「職業道德讓我不能對任何人洩漏涉及未成年人的重大刑事案件，你對我大喊大叫有什麼用？有本事對著警徽吼啊。」

「涉及未成年人的重大刑事案件？」李秩一愣，徐遙今年三十五歲，那起碼是十七年前的案件了，那個時候張藍應該還不是警察，他怎麼會知道跟徐遙有關的案件？

「滾滾滾，喜歡找誰就去找誰，看到你我就心煩。」張藍把李秩往門外一推，「別打擾我寫報告。」

「隊長，剛剛對不起了。」李秩朝張藍一鞠躬，便轉身去追徐遙了。

徐遙剛走進捷運，正準備刷卡進站，就被人從後面抓住手臂拉到一旁。他回頭看見是李秩，才鬆了一口氣，但這一放鬆，剛剛被張藍質疑的怒氣就壓抑不住了，他甩開李秩，皺著眉頭問道：「李警官，你也需要我自證清白嗎？」

「徐老師，你不要生氣，隊長不是那種帶有偏見的人，他只是被他知道的事情束縛住了。我們每個人都會被自己的見識和眼界所局限，他真的不是故意刁難你，只是他知道的事情讓他的顧慮變多了……」

李秩是小跑過來的，本來就有些氣喘，為了再三斟酌言辭，說話就變得更加令人費解。他說著說著，連自己都不知道在說什麼了，他忍不住拍了一下臉頰：「我不是請你原諒他，畢竟你才是被質疑的人，但我希望你不要生氣……」

徐遙看他著急的模樣，早就氣消了，嘴角勾起輕微的弧度，無奈地笑了笑：

「李警官，遊說安慰真的不是你的強項，直接說張隊長是因為過去的案子才對我有所猜忌不就好了？沒有必要這樣，我沒有在意到完全不能提起的地步。」

李秩卻搖頭：「隊長什麼都沒跟我說。」

徐遙一愣：「他沒告訴你？」

「他說這是職業道德，不能對任何人洩密。」李秩輕嘆一口氣，他看著徐遙那張明明很熟悉，卻又感覺越來越陌生的臉，明明有很多話想說，卻又一句話也說不出來。

臉還是那張臉，柔潤的輪廓，微微下垂的眼睛，總是用淡漠無辜的眼神看著別人，卻又不知不覺散發出近乎傲慢的、讓人討厭的氣息。以前李秩覺得那是他自大的表現，但最近他突然意識到那種討人厭的氣質並不是天生的，是徐遙刻意為之，故意表現出來應對外界的姿態，是他為了對抗不知名的敵意而衍生的盔甲。

李秩凝視著徐遙，後者詫異地移開眼睛：「還滿聰明的嘛，沒有讓我投訴的機會。那就算了，既然你什麼都不知道，就別參與進來了。回去吧，你現在不是社區的員警，這也不是鄰居之間的糾紛，你沒有調解的責任。」

「徐老師，為什麼徐若風每次都能那麼堅定地相信他的委託人呢？」李秩忽然問了一個完全不相干的問題，「他就沒有擔心過，其實委託他調查真相的人，才是真正的凶手嗎？」

徐遙的視線轉了回來，他迎著李秩的目光，卻並不打算解答他的疑問：「那你害怕嗎？你害怕你相信的人其實才是壞人嗎？」

李秩點頭：「當然害怕，如果相信了錯的人，就會讓受害者承受不白之冤。」

徐遙的神情好像又冷了一點，他總是能讓本來就十分冷淡的表情變得更加冰冷，好像這樣他創造的冰封城牆就會更加堅固，能更好地保護著自己不受傷害：「那你最好離我遠一點。」

「嗯？」李秩一愣。

「因為連我都不知道，自己到底是不是壞人。」

徐遙說完這句話，轉身刷卡走進捷運站，匯入了數量龐大的乘客之中。

徐遙喜歡寫偵探小說，因為裡面的角色立場分明，無辜的人知道自己無辜，要時時刻刻警惕不要被人陷害；偵探知道自己的責任，要隨時留意細節找出凶手；就連凶手都知道自己是惡人，要小心翼翼地隱匿，或乾脆沉淪於作惡的快樂。

而他卻連自己到底是路人、偵探還是凶手，都不得而知。

「森哥，這週我可以去拜訪你嗎？」

徐遙發了一則訊息給通訊錄上一個名叫「林森」的人後，便把頭靠在玻璃窗上，看著捷運車廂裡的廣告。

廣告螢幕上正播放著一場法律講座，在主講人那一欄上，顯示著「警察大學犯罪心理研究所主任林森教授」的字幕。

第三案 無盡旋梯（上）

THE LAST CRY FOR HELP

每個城市的早上通勤時間都是一場近距離的大規模人口遷徙，如果可以選擇，大部分的人都會錯開這段時間。徐遙也一樣，他已經很久沒有擠過早上通勤時間的捷運了。此刻他被擠在貼近玻璃門的一個角落，每次車門開關都要小心翼翼地縮著肩膀，以防被自動門夾到襯衫。

每個人手裡基本都拿著一份免費的捷運日報。圍繞著馬天行展開的一系列案件毫無疑問地占據了最大的版面。

徐遙瞄了兩眼，發現除了馬天行外，其他所有相關人員的照片都沒有出現，姓名也都是化名。

不難想像這是相關部門刻意為之，這也是犯罪心理學家們爭取到的結果。普羅大眾固然有對危及社會安全案件的知情權，但一旦經過媒體報導，必然會出現模仿犯。專家們天天在電視節目上呼籲不要讓罪犯得到關注，這只會刺激更多潛在的模仿犯，但在以收視率為至高準則的社會，大部分媒體依舊會想盡辦法挖掘案件的一切細節。

有時候徐遙也不知道這到底是制度問題，還是永恆不變的人心問題。

好不容易到站了，徐遙被大批人群推擠著出了閘門，終於有空間伸了個懶腰，他舒了一口氣，走向標示著「警察大學」的捷運出口。

心理研究所是警察大學附屬的一個科學研究機構，徐遙的父親徐峰生前一直想要建立這樣一個學科。他招募了一群課業頂尖的研究生開展研究，雖然還沒來得及提出具體方案就不幸去世，但他的學生並沒有辜負他的期望，在他去世後的第三年，建立了專門研究犯罪心理的研究所。

為了方便照顧年幼的徐遙，徐峰喜歡讓學生到家裡學習工作，徐遙一直「哥哥姐姐」地稱呼那些學生，學生們也都把徐遙當作親弟弟那樣疼愛。而徐遙一直叫「森哥」的那個人，就是徐峰當年帶的一個學生「林森」。他跟著徐峰進行研究的時候才二十三歲，現在二十年過去，他已經是這所研究所的主任了。

登記完訪客資料，徐遙走向主任辦公室。這棟研究所建築物有一點歷史了，四層樓高的建築沒有電梯，對長期宅在家裡的徐遙來說，走到四樓要耗費一點力氣。而這座木頭樓梯還是螺旋攀升，更讓人有些頭暈，徐遙深吸一口氣，咬著牙走完最後一段，來到了主任辦公室。

林森已經在等他了，一看見徐遙，馬上笑容滿面地迎了上來：「徐遙，你終於願意過來探望我了，我還以為你不忍心看我英雄遲暮，所以乾脆不來了呢。」

「你哪裡遲暮了，根本比我還要健康好嗎？」徐遙沒開玩笑，四十三歲的林森一點也不老，沒有白頭髮，沒有發福，外表依舊高高瘦瘦。他身穿一身休閒西裝，一點都看不出來比徐遙年長十幾歲。

「那只是外表，裡面都已經老化了。」林森把徐遙拉進辦公室，「要喝什麼？老人家只有茶葉，沒有咖啡跟奶茶。」

「就喝茶吧，茶多酚對大腦很好，很適合你。」面對親近的人，徐遙就變回了以前那個臭屁天真的小孩。他笑著坐了下來，環視一下四周滿滿的書籍跟檔案，「都是數位時代了，你這些東西可以退休了吧？」

「虧你還是從美國回來的，《疑犯追蹤》沒看過嗎？數位資料被篡改竊取的可能性太高了，而且，就連人類自己都無法徹底理解人類，我可不相信電腦可以。」林森露出一個不屑的笑容，端來兩杯綠茶，「聽你的，選茶多酚多的。」

「**After all, only the paranoid survive.**（只有偏執狂才能活到最後）」徐遙以一句前英特爾CEO的名言回答，算是認可林森的觀點，「森哥，上次我拜託你的事情，可以嗎？」

「梁同輝那個案件不難，稍有點經驗的測謊專家都知道他只是偽裝自己有精神病，但你說的那個孩子就有點棘手了。」林森在徐遙對面坐下，表情有些為難，「要證明他是在被人進行了心理暗示的狀態下進行高空擲物，難度比較大。他本身精神狀態就很差，雖然你幫他進行疏導，他現在比較願意開口，但一涉及他和馬天行的私人對話，他就表現得很抗拒，不管問什麼都想不起來。可能是大腦在保護他，讓他不要回想起那些痛苦的回憶。」

一直關心愛護自己的老師，原來只是把自己當成白老鼠一樣進行實驗，還借著他的手傷害他喜歡女孩的親人，別說是一個十四歲的單純孩童，就算對成年人也已經足夠痛苦了。

「森哥你能不能想想辦法，他真的不是一個壞孩子……」

「我一定會盡力的，多一個傷心的人，總比多一個罪犯好。」林森點點頭，徐遙笑了笑，端起茶杯喝了一口茶。兩人沉默了一會，林森又問：「想問就問吧。」

「……馬天行這幾年真的一直都在寫論文給你看嗎？」徐遙想起之前馬天行和他討論的時候，那副認真的樣子並不像是偽裝。

林森點頭：「是的，他回國的時候就已經跟我聯繫過了，他希望能進入我的研究所。但老實說，他的表現並不及格，我不能因為幫他進行過課外輔導，就辜負了那些真正優秀的人才。」

「我不是責怪你，我只是覺得奇怪，他都已經變成一個精神領袖型的偏執狂，應該不會在乎別人的認同，感覺寫論文的舉動有點多餘……」

「他不是直到現在都還是想要得到你的認同嗎，徐遙？」林森看著徐遙的眼睛，帶著勸慰的語氣說道，「越是瘋狂的人，我們越要重視他的瘋狂是為了掩蓋什麼。那些學生家長的崇拜，跟你我的認可比起來，不過是聊勝於無的安慰罷了。」

徐遙無言以對。是啊，馬天行的目標其實不是什麼自我的王國，而是「徐遙能做到的事情我也能做到」。

「森哥，我可以看看他的論文嗎？」

「嗯，可以，但也許是我的偏見，我並沒有從中發現他心理變化的痕跡。」林森從檔案櫃裡拿出一個厚厚的牛皮紙袋，「這都是他寫的，你拿回去看吧，也沒什麼用了。」

「嗯。」徐遙接過那個厚厚的袋子，抽出最上面的檔案，正是那天他在餐廳裡向他諮詢的那一份。

如果我那時候就察覺到蛛絲馬跡，會不會對後續的事情有所幫助呢？

「林老師？」一個清爽的聲音從門口傳來，門是打開的，但那個來訪的人依舊站在外面禮貌地敲了敲門，「可以打擾你一下嗎？」

「喔，孫皓，沒事沒事，你進來吧。工作還適應嗎？有辦法應付悅大那些八年級生嗎？」

「林老師，現在上大學的都是九年級生了，我才是八十幾年出生的。」

「唉，老了，總是容易記錯時間，你是在人文學院當助教，我沒記錯吧？」

「沒錯，我也是悅大心理協會的助教，還是教授推薦的呢。」

「哎呀，真的嗎？」

來者顯然是林森的得意門生，他看見人的時候都笑開花了。他讓人進來，幫他泡了杯茶。這個叫孫皓的男人看見徐遙，很有禮貌地向他點頭問好：「老師你好，我叫孫皓，是剛剛畢業的研究生，現在在悅城大學擔任助教。」

徐遙趕緊回禮：「孫老師你好，不過我不是老師，我只是來拜訪林教授的……森哥，你有事的話我先走了，之後再來看你。」

「好，改天請你吃飯，你好久沒吃我炒的菜了。」林森有些不捨，他拉住徐遙的手溫暖有力，「有時間多陪陪我這個孤單老人吧。」

「嗯，好的。」

徐遙眼眶一陣酸澀。真正孤單的人應該是他才對，但林森卻還是這麼說了，這其中的心意再明顯不過。徐遙擔心自己會忍不住哭了出來，趕緊揉了揉眼睛起身告辭。

快步跑下那道螺旋階梯，徐遙跑到大學校園裡的大草坪上才終於平復心情。

「回去吧，別想那麼多了。」徐遙喃喃自語著，他家的裝修還沒處理好，他要求工人依照原本的設計重新裝潢，連地板的顏色都要一模一樣，花了將近半個月的時間，導致他現在還住在酒店裡。

剛剛轉身，手機就響了，螢幕上顯示著「李警官」。

「有什麼事？」

「徐老師，我是李秩……」

「有來電顯示，說重點。」

被打斷的李秩頓了頓，才接著說：「沒什麼，我只是想告訴你，馬天行被搶救回來了。但因為傷到脊椎，造成下半身癱瘓，手部活動也會受到一定程度的影響……」

「何銀川的報告提交上去了嗎？」徐遙彷彿一點也不關心馬天行。

「嗯，交上去了。」李秩又補了一句，「是呈現具體細節的報告。」

頭頂的雲被清風吹散，灑下一片暖和的日光，讓徐遙整個人都舒緩下來，鬆了一口氣，喃喃一句：「那就好。」

「徐老師，那個，你家裡的裝修……」

「我有點忙，沒什麼事的話先掛了。」明明知道李秩在找話題跟他聊天，但徐遙卻馬上打斷了他，也不等他回覆就掛了電話。

「徐老師！徐老師？」李秩喊了幾聲，電話那端的嘟嘟聲卻無情地甩了他一巴掌，讓他又想起那天徐遙在捷運站跟他說的話。

為什麼要讓自己離他遠一點？

難道當年他真的犯下了什麼不可告人的罪行？

「何隊長，我真的不能……你別再煩我了！」

李秩正在惆悵，卻見魏曉萌不勝其擾地跑了進來，何樂為緊跟其後，雙手合十地一直碎念著「求求妳幫幫忙」。

李秩翻了個白眼，走過去擋住何樂為：「何隊長，你看人家那麼為難，就放過她吧，天涯何處無芳草呢？」

「嗯？你說什麼？」何樂為皺眉，他看了看魏曉萌，後者整個人躲在李秩身後，「萌萌師妹……」

天啊，這個昵稱難怪人家受不了你。李秩把何樂為往後推了半步：「好了，何隊長，再這樣我真的要檢舉你了。」

「不是，你在想什麼啊，以為我是色狼嗎？」何樂為瞪大眼睛，搭訕失敗是小事，被人質疑是色狼才是大事，「萌萌師妹妳自己跟他說，我是不是來找妳約會的。」

「何隊長想看一下金匯廣場爆炸案和美食街火災的現場監視畫面，但案子已經進入審理流程，他也沒有調閱權限，我不能隨便洩漏案情資料啊。」魏曉萌還算老實，乖乖向李秩解釋，「副隊長，我這樣處理沒錯吧？」

「的確符合規定。」李秩回頭向何樂為道歉，「不好意思，何隊長，是我誤會了，但這些資料的確不能讓人隨便翻閱。」

「我是隨便的人嗎？」何樂為皺眉，「而且這個案子明明還有疑點，我是來幫助你們的。」

「疑點？何銀川已經全部招認了，所有的證據都……」

「那她有跟你說那個引爆失敗的炸彈是怎麼回事嗎？還有，許慕心的死又是怎樣回事？」何樂為把李秩拉到一邊，打開手機，點開一張立體圖，「你看，這是我按照美食街商店做出來的現場模擬圖。在不到八平方公尺的長方形房間內，田赫躺在左後方，他旁邊就是廚房，而瓦斯桶就在他隔壁。瓦斯桶的高度大概一公尺，從出現濃煙到燃起火焰的過程如果很快，竄起的火苗會很高，燒到瓦斯桶的管子，瞬間引起爆炸，那樣許慕心就不可能窒息而死，屍體也不可能這麼完整。

但如果火焰遲遲沒有燃起，濃煙存在的時間久到足以讓人窒息昏迷，那就說明燃燒的速度並不快，不會有明顯的火焰，更不可能燒到一公尺高的瓦斯管，那又是什麼引起爆炸的呢？」何樂為生怕自己解釋不清楚，兩手上上下下比著各種高度和距離向李秩解釋，「爆炸是一種破壞性很強、容易波及無辜的方式。會選擇這種方式的人不止有強烈的報復心，而且沒有同情心，根本不在乎他人死活，許慕心跟何銀川是兩個互相憐憫的柔弱女子，她們連親自下手殺死傷害自己的人都做不到，又怎麼會選擇這種方式呢？」

李秩回想了一下監視畫面：「濃煙冒出和爆炸之間不到半分鐘，現場的鄰居也說根本來不及進去把人救出來……但許慕心的確是窒息昏迷然後被燒死的，呼吸道裡有大量煙灰……」

「所以這就很矛盾，我不管到底是誰殺了田赫，但許慕心的死亡，我推測是她先點燃了一部分易燃物，然後關上門，在空氣不足的情況下讓自己窒息而死，然後有一個人，或某個裝置，在她死後將門打開，引入足夠的氧氣，迅速點燃剩餘準備好的易燃物，讓火焰燒到瓦斯管，這時候鄰居才看到濃煙，隨即就發生了爆炸。而許慕心並不在廚房，又有門板阻擋，所以屍體比較完整，這才能解釋其中的矛盾。」何樂為言之鑿鑿，「現場經過爆炸跟火災，已經燒掉了所有證據，但縱火犯或炸彈客這種人，都喜歡回到現場享受犯罪成功的快感，所以我才想請萌萌師妹讓我看一下當時的錄影和照片，看有沒有可疑的人。」

「何隊長，你的懷疑很有道理，但現在何銀川被指控對馬天行兩次殺人未遂，以及教唆許慕心殺害自己的老公田赫，你剛剛說的基本跟何銀川沒有關係。」李秩補充道，「至少目前沒有證據顯示和她有關，我能很明確地告訴你，何銀川不在現場，不然大家也不會誤會死掉的人是她。」

「我不是說何銀川殺了許慕心，我是說許慕心的死很奇怪，包括何銀川使用炸彈也很奇怪。她一個普通的女性，要怎麼得到那些材料？即使真的花錢買到材料，難道她有能力、有設備去安裝雷管嗎？」多年的專業經驗讓何樂為對這個疑點不能釋懷，「我也不知道這跟案件到底有沒有關聯，但我就是想弄清楚。」

「我完全明白你的心情，但我覺得你在證物裡根本找不到需要的線索。這樣吧，我把悅城近幾年縱火案的資料整理一下，如果有什麼發現，一定會馬上通知你。」

何樂為還是想親自看一下資料，但他也知道這已經是李秩能做的最大讓步了：「好的，謝謝，我也會從火藥跟易燃物的源頭追查一下，有消息再互相通知吧。」

李秩爽快答應：「好。」

「那萌萌師妹，我們也保持聯繫。」

「好的……何隊長，工作上的事情我一定配合。」試圖偷跑的魏曉萌又被抓了回來，只能自認倒楣。

「那為了方便工作，我們交換一下電話號碼吧！」

「我想起來了，隊長叫我去檔案室，我先走了！」

「哎哎哎，萌萌師妹！」

何樂為還不死心，被李秩一把抓住衣領拉了回來：「你這樣只會嚇到女孩子好嗎？」

「哦？李副隊長有何高見？」何樂為忽然換了一副虛心請教的語氣，讓李秩極其不適應。

「沒有，我、我又沒談過戀愛……」李秩乾咳兩聲，「啊，我想起來隊長也叫我去證物室，先走了！」

「哎哎哎，怎麼回事？怎麼誰看見我都想跑啊？我真的不是色狼啊！」

何樂為還在為自己的形象而苦惱，而已經被人拿來當兩次藉口的張藍則是打了兩個響亮的噴嚏，讓醫院大廳的人都轉過來看著他。

「來醫院肯定是生病了啊，有什麼好看的。」王俊麟揚揚手驅散那些看熱鬧的人，又遞了一包衛生紙給張藍，「隊長，要保重好身體啊，我們不能沒有你。」

「滾，要是你調查證據有拍馬屁那麼厲害，隊長這個位子就讓給你了。」張藍拍一下王俊麟的頭，這傢伙身手好，存在感低，是當臥底的不二人選，要是能再聰明一點就更好了，「待會見了馬天行你什麼都別說，不要掉進他的陷阱裡了。」

「是，隊長。」王俊麟也知道馬天行的「催眠能力」，表現出一副害怕的樣子，「可是隊長，我們是不是應該叫一個心理學家一起過來，畢竟術業有專攻嘛。」

「現在他是受害者，又不是嫌疑人，你怕他說出什麼開脫罪名的話嗎？」

說話間，已經到了馬天行的病房，他們推門進去，只見馬天行臉白如紙地躺在床上，隔著衣服也能看出身上纏繞著厚厚的紗布和固定帶。他聽到聲音，轉了轉脖子，但肩膀以下卻沒有隨著他頭部而移動。

張藍想，這恐怕是他最不憐憫受害者的一次詢問了：「馬天行先生，我想你很清楚我們為什麼會來。我們會起訴何銀川蓄意謀殺，她也已經招認了，你有什麼需要補充的嗎？」

「我想問，為什麼你們會趕過來？」馬天行卻問道，「我記得有兩個巡邏員警趕來制伏了那個女人……為什麼他們會跑進學校，是你叫來的嗎？」

「我們查到了相關證據，證明何銀川和你的老婆許慕心有交換殺人的意圖，所以趕去阻止。」張藍不明白馬天行為什麼語帶不滿，他們可是救了他的命啊，「如果何銀川再補一刀，你就真的沒希望了。」

「是徐遙，對吧？」馬天行冷笑，「他明明知道那個女人要來殺我，卻故意拖延時間，讓我就這樣半死不活。他知道法律奈何不了我，所以就用這種方法懲罰我，對吧？」

「馬先生，如果你想起訴徐遙，那就是另外一件……」

「我知道肯定是他。」馬天行根本不理會張藍，他的眼睛轉向天花板，好像要把它看出一個洞似地緊盯著，「只有他會做出這種事，畢竟連殺人解剖這種事情他都做得出來了，不就是讓我變成殘廢嗎？太簡單了。哪像我，光是做惡夢都快要吐了……對，他一定早就想害我了，這樣就沒有人會揭露他的真面目……

「警官，你有沒有見過一個十五歲的男孩，不止殺了他爸，還把他的大腦取出來研究的？徐遙就是這樣的人，他沒有感情，他所有的感情都是裝出來的，他是一個惡魔，模擬著人類的外殼罷了。

「當他產生了理解不了的情緒，就要把你解剖，一個器官一個器官地研究……

你們為什麼都看不到，明明是他，為什麼你們都說不是？你們都太弱了，輕易就被他控制，只有我是特別的，只有我可以和他抗衡！

「我曾經每一天都在被那個惡魔狠狠地折磨，後來我才豁然開朗，我是被選中的人啊。我要變得和他一樣強大，才能消滅他、取代他，成為新的惡魔！」

「護士、醫生！」

眼看馬天行越來越激動，眼睛通紅，咬牙切齒，儘管無法動彈，頸子上卻鼓起一條條的青筋，王俊麟擔心他太過激動，趕緊把醫生叫了過來。張藍雙手環抱在胸前，緊緊皺起了眉頭。

馬天行……難怪他覺得這個名字那麼耳熟，原來他就是當年唯一一個自稱看到案發過程的孩子。

二十年前，徐遙的父親徐峰被殺害了。以當時徐峰對警政體系的影響，這個案子曾經轟動一時，但那時候張藍才十六歲，並沒有真正接觸到所有涉案學生——五個相約外宿學習的男生，其中就包括徐遙——他只是當上警察後，偶爾幫李泓整理檔案資料時，看到了這個案件。其匪夷所思的程度讓他一直念念不忘，時常向李泓問東問西，但李泓卻不願意多說。再後來，繁多的案件他忙都忙不過來，就慢慢忘記了這件事。要不是遇到徐遙本人，他都沒想起這起案件，也難怪他認不出馬天行。

當年徐峰被殺害的手法極其殘忍，三個孩子都說自己不記得發生了什麼，也沒有聽到或看到任何異常，只有馬天行說他看見徐遙行凶，可是他的證詞互相矛盾、漏洞百出，更像是一個小孩驚嚇過度產生的妄想，所以並沒有被採納。

如今看來，是徐峰的案件對他產生了極大的刺激，以致於讓他產生了精神問題，再加上徐遙一直以來都比他更加優秀，使他萬分嫉妒，甚至想取而代之。這些妄想跟仇怨，最終讓他變成了現在這樣，只能依靠操縱別人獲得安全感和認同感。

張藍深深地嘆了口氣，轉身離開病房，走到外面抽了一根菸。

「喂，老婆大人，怎麼了？哦……我記得，今天晚上嘛，我把李秩接過來，有要幫忙帶什麼嗎？好的好的，我很快就回來。」

接完了老婆楊雪雅的電話，張藍心中的鬱悶也慢慢驅散了。他按滅菸頭，走進逐漸西斜的暮色之中。

張藍比李秩大六歲，過完年就三十七歲了，因為工作的原因，好不容易才認識了老婆楊雪雅。楊雪雅自己經營一家飲料店，對老公新婚燕爾就栽進一堆命案工作的態度沒有絲毫怨言，對李秩也十分照顧，知道他自己一個人住，經常讓張藍把他叫來吃飯。張藍每次都說「好好好」，但其實他們很少有機會準時回家。

今天機會難得，楊雪雅煮了好幾道菜，燉了排骨湯，做了甜點，最後還記得李秩只喝奶茶不喝咖啡，幫他煮了一大壺奶茶，喝不完還可以帶回家繼續喝。

「謝謝嫂子，我明天就拿到局裡請大家喝，讓他們天天跟妳買奶茶。」

李秩眉開眼笑，外面用奶精調的奶茶有一股人工的甜味，哪有楊雪雅用牛奶煮的好喝，他一邊吃飯一邊喝奶茶，連一邊喝湯也一邊配著奶茶。

張藍都看傻了：「李秩，雖然現在流行帥氣的小狼狗，但我們是警察啊。」

「別聽他的，小狼狗也一樣會喝奶茶啊。」

「噗！」

楊雪雅這句話讓李秩瞬間一口奶茶噴了出來，張藍笑得前俯後仰，徒留李秩面紅耳赤地擦著桌子。

李秩飽飽地吃了一頓飯，也快被這對夫妻閃瞎了。吃飽喝足後，他才提著楊雪雅幫他準備的食物飲料，慢悠悠地散步回家。

回家……嗎？

想到這個詞，李秩飄在半空的好心情頓時落回地面。

李秩對於「家」的概念還停留在他十歲的時候。那時候的家，有備受尊敬的警察父親李泓，雖然他經常忙於工作，沒什麼時間陪伴自己，但年幼的李秩知道父親是去「抓捕壞人」，心中充滿了崇拜，李泓偶爾放學來接他，他都開心得睡不著。還有事業家庭兩邊兼顧的科學家母親郭曉敏，她的工作具體是什麼，李秩並不懂，但他很喜歡在母親的研究室裡寫作業，邊寫邊抬頭看看母親，母親認真專注的身影總是讓他感覺無比安心。

但在他十歲那一年，母親去世了。父親非常憤怒，只是李秩當時不明白那種情緒。後來他長大了一點，終於明白父親憤怒的原因——母親是被人殺害的，就在她投注最多精力的研究室裡，倒在自己的工作臺前。

沒有抓到凶手，李泓的憤怒和悲痛無處釋放，他只能更加投入工作，期待有一天某個毫無關聯的案子能露出一點蛛絲馬跡，讓他抓住殺死愛妻的凶手，告慰愛人在天之靈。

李泓忘我地以工作麻醉自己，以至於完全忽略了不哭不鬧的李秩。李秩其實沒有因此而生李泓的氣，甚至從那時候開始，他就決定跟父親一樣成為警察，和父親一起抓住殺害母親的凶手。

那個曾經調皮的孩子逐漸成為了一個品學兼優的學生，他以悅城第一的成績考進警校，又以優秀的成績畢業，進入基層派出所鍛鍊。

他以為自己已經足夠優秀了，優秀到足以讓父親原諒他一點小小的與眾不同。可是他錯了。這一點小小的差異，在李泓眼中是寧可把他打死也不可以原諒的巨大錯誤。

李秩喜歡喝奶茶，因為奶茶很甜，不像咖啡那樣苦澀。

選擇了警察這個職業，就連張藍那樣開朗外向的異性戀都單身這麼多年，李秩就更加不抱希望能找到一個人陪他一起喝奶茶了。

手機傳來「叮咚」的鈴聲，李秩連忙拿出手機點開一看，果然是徐遙的小說更新了。

嗯，今天徐老師不太友善的態度是因為他在趕稿吧。一定是的，藝術創作者都是這樣，可以理解。

李秩自顧自地為徐遙的冷淡找藉口，還沒有看更新的章節就先贊助了五百金幣。他把手機收了起來，加快腳步準備回家看小說。

李秩只顧著走路，在街角轉彎時差點撞到人，他下意識開口道歉，但對方卻沒有回應，只是撿起掉在地上的面具快速離開了。

戴著白色的死神面具，還披著斗篷……李秩詫異地看了看手機，已經十一月二十號了，難道還在舉辦萬聖節活動？

李秩不太理解，只能聳聳肩，繼續往回家的方向走去。

在張藍工作沒辦法回家吃飯的時候，楊雪雅一般都在飲料店裡值班。店裡的年輕工讀生自然希望晚上能好好放鬆，所以對老闆娘的安排毫無異議並感恩戴德。

這天，她跟往常一樣晚上值班。完成最後一筆訂單，外送人員拿走了奶茶，她就準備收店關門。

她經營的飲料店位置很好，位於老城區最繁華的人行道上，即使已經晚上十點多，還是有很多流連夜店和ＫＴＶ的人經過。但他們渴望的是酒精，和奶茶咖啡沒什麼關係。

楊雪雅把鐵門拉上，正要鎖門，就聽見一陣爭執聲。她原以為是情侶吵架，但她抬起頭來，卻見一個身穿黑色裙子的女生正奮力掙脫一個西裝男人的手，不斷地喊著「救命」。

「這位先生請你放手。」楊雪雅馬上跑過去把女生拉到身後。

女生牢牢抓住楊雪雅解釋：「我真的不認識他！」

「妳誤會了，我真的是星探，只是想問問妳有沒有意願朝娛樂圈發展。真的，不信妳看，這是我的名片。」

眼前的男人看起來年齡不大，但身上的西裝卻不怎麼合身，完全沒有娛樂圈星探的氣質。他揮舞著一張名片，想讓她們走過去觀看，但楊雪雅完全不理會。

「無論你是誰，這位小姐已經明確拒絕了。請你馬上離開，不然我要報警了。」

「妳怎麼這麼多管閒事！」

男人見女生一直躲在後面，轉而想抓住楊雪雅，楊雪雅平時喜歡讓張藍教她防身術，一個推手就把對方擋開了。她護著女生後退幾步，拉開鐵門把女生推進飲料店：「快打電話報警。」

「小心！」

楊雪雅一回頭，只見男人從寬大的西裝外套裡拔出一把匕首，直接往她臉上一劃。楊雪雅偏頭躲開，一腳踢在男人的胯下。男人發出一聲慘叫，楊雪雅趁機跑進店裡，把門牢牢關上。

過了一會，門外終於沒了動靜，直到警察敲門，楊雪雅才發現自己的手臂上被劃出了一道血痕。

「他媽的！給我把這一區的酒吧夜店查封！」張藍接到電話趕來現場，氣得直罵髒話，「把所有監視錄影都拿回去！」

「我又沒事，你吼什麼？」楊雪雅拉了一下張藍的衣服，讓他別這麼誇張，「嚇到別人了。」

「沒有，我沒嚇到，謝謝妳。」

那個被西裝男子糾纏的女生路貝兒在一旁做筆錄。她聽到楊雪雅這麼說，趕緊回頭說道：「要不是妳，我都不敢想像會發生什麼事。還害妳受傷了，對不起……」

「該道歉的是那個男人，不是妳。」楊雪雅笑了笑，她手上的傷口已經處理好了，她拍了拍張藍，「介紹一下，一代神探張藍警官，永安區警察局隊長，我的老公。」

路貝兒露出一個佩服的眼神：「難怪妳那麼厲害。」

李秩打斷了路貝兒的欽佩：「不好意思，妳說那個男人是在樂無窮酒吧裡搭訕妳，然後妳拒絕了，那之後發生了什麼事？」

「他搭訕我是一個多小時前的事情，我拒絕他以後就繼續和朋友喝酒聊天，因為明天還要上班，所以剛過十點我就走了。誰知道他在路上等我，我很害怕，就往人多的地方跑，跑著跑著就跑到這裡了。」路貝兒想起來還是十分害怕，「還好雪雅姐救了我。」

「那個人感覺很奇怪，怎麼說呢，就是看著別人的時候有一股戾氣，好像你虧欠他很多似的。」楊雪雅回憶著那個人的面容，卻想不起來具體長相，「可能是因為我感覺他很危險，所以他拔出匕首的時候我也沒有很驚訝，能迅速反應過來。」

「匕首？不是一般的小刀？」李秩記下了這點。

「我也不是很確定，但肯定不是一般的刀具。」楊雪雅拿筆在紙上畫著，「大概像這樣的形狀。」

「兩邊開刃，這是短劍。」張藍拿過那張圖，皺起眉頭，「這不是隨便能買到的東西。」

李秩忍不住吐槽：「隊長，萬能的網路購物平臺什麼都賣。」

「但在網路上購買就會留下資料，這種東西應該沒有很多人買，我們回去找快遞公司，查一下送到悅城的快遞裡有哪些人買了短劍，應該很快就會有消息了。」張藍對路貝兒說道：「路小姐，我們送妳回家吧，稍後還會有我們的同事來追蹤進度，麻煩妳了。」

「謝謝你們。」

路貝兒用力地點點頭，李秩讓她在筆錄本上簽名，把送她上警車，護送她回家。

「李警官，我可不可以問一個問題。」路貝兒直到進家門前才忍不住問道，「為什麼你們不提醒我晚上一個人出門要小心，不要去酒吧什麼的？」

李秩露出困惑不解的表情：「難道妳小心了，今天就不會遇到麻煩嗎？如果讓別人一到晚上就不敢出門，我們的工作也太失敗了吧？」

「哈。」路貝兒笑了笑，這大概是她人生中聽過最有安全感的笑話了，「謝謝你。」

「早點睡吧，晚安。」

李秩說了聲晚安，便趕回去警局和張藍一起看監視錄影，努力尋找那個奇怪的男人。

和秀麗花園相隔十五分鐘車程的地方，是一條賣古董字畫的老街店鋪。前幾年進行文化改造工程，鋪上復古青磚，建起樸素的水泥牆面，一眼看過去灰撲撲的，連招牌都是統一木紋玻璃框裝裱的書法真跡。這毫無差別的風格導致徐遙找了好久，才找到記憶中那家小小的舊書店。

「你好，請問袁清袁伯伯還在嗎？」

儘管外面經過裝修，但「清如許舊書店」裡依舊一片昏暗，到處堆疊擺放著人一樣高的舊書雜誌，即使是白天，日光也被遮擋了大半。徐遙側著身體小心翼翼地走進去，看見一個年輕人在靠近櫃檯的一疊書上坐著看書。徐遙以為他是店員，便向他詢問：「你好，請問現在的老闆是誰？」

年輕人抬起頭，他有著一張稚氣的臉蛋，估計不到二十歲，身上穿著一件淺藍色的襯衫，上面印著某間工廠的標誌和名字，應該是那裡的員工。他看了看徐遙，朝裡面喊了一聲：「老闆，有人。」

「不是人難道是鬼，叫那麼大聲幹嘛。」

後面傳來一個中氣十足的聲音，徐遙探頭看去，一個佝僂著腰背的老人逆著光走來，隨著他一晃一晃的步伐，被陰影籠罩的臉逐漸顯露。老人大概七十幾歲，乾瘦的臉上布滿刀刻般的皺紋，垂掛著細鍊的眼鏡沒有讓他顯得老態，反讓目光更為銳利。他一邊往櫃檯走，一邊打量著這個陌生的男客人：「你是誰啊？」

「袁伯伯，我是徐遙。」徐遙等袁清走近了，才向他說道，「你還記得二十年前住在秀麗花園的徐峰嗎？我是他的兒子徐遙，小時候一直在你這裡看書的。」

「徐遙？」袁清戴上眼鏡，瞇著眼睛看著眼前的人，「啊，真像。跟你爸一模一樣。徐遙，你真是徐遙啊。」

徐遙笑了笑，他左右看了一下，實在沒有可以坐下的地方，那個看書的青年見狀，自動起身，對袁清說道：「老闆，這本書我借走了，押金放在這裡。」

「好的，明天見。」袁清和那個青年應該相當熟悉，他連他借走的書是什麼都沒有登記，只是把他留下的五十元硬幣放進抽屜，就讓他走了。

這年頭還有人來租書？徐遙詫異極了，他瞄了一眼青年拿走的那本書，上面寫著什麼「揭祕世界最大懸案」之類的標題，充滿了八〇年代舊書的風格。

「隨便坐吧，也不是什麼高級的地方。」袁清讓徐遙坐下，又扶著眼鏡上上下下打量著他，「長這麼大了，時間過得真快啊……」

「袁伯伯還是跟以前一樣有精神。」

「來，告訴我你這幾年過得怎麼樣？」

徐遙對長輩向來沒什麼招架之力，只能順著他的寒暄了回應了諸如「有沒有生小孩」「有沒有結婚」「有沒有女朋友」「在做什麼工作」的家常閒聊，才開始說正題：「袁伯伯，我想問一下，我媽跟我說過，我爸曾經拜託你幫他保管一些書，不知道他是不是都拿回去了？」

「你爸的書都是英文書，我也賣不掉，只好一直放著了。」袁清開玩笑道，「這二十幾年的保管費不少呢。」

「當然，我……」

「嘖，你這孩子怎麼回事，還是跟以前一樣不會開玩笑。」袁清敲了敲徐遙的額頭，這個動作讓徐遙愣了半晌，「我已經一腳踏進棺材了，還要錢幹嘛？」

「袁伯伯，你的身體還很健康……」

「客套話就不用說了，我這個年紀早就看開了。」袁清擺擺手打斷徐遙，「我沒有老婆也沒有孩子，僅剩的財產就是這一間舊書店，我早就找好委託人接管這些舊書，當廢紙也好，當古書收藏也好，都是它們的命，我管不了了。我唯一牽掛的就是你爸的書，那不是我的，我不能隨便處置，一直在等你來，總算是被我等到了……」

袁清說著，眼眶忍不住泛紅，他扭過頭去，吸了吸鼻子。

在徐遙的印象中，袁清是個說一不二的硬漢，但歲月始終會讓人折服，再硬的心腸都會在某些時刻柔軟得不堪一擊。徐遙沒有說話，他輕輕摸著袁清的後背，等他平復心情。

「那些書都在閣樓，你爬上去找一下，就裝在一個藍色的紙箱裡。」袁清緩了過來，他擦了擦眼角，指著一個隱藏在眾多舊書後的木梯。徐遙點頭，脫下厚重的外套，爬到閣樓上，把那個抹去厚厚的灰塵才看得見的、已經褪成了灰藍色的紙箱搬了下來。

這個半公尺寬、沉甸甸的大箱子裡，都是當時世界上最先進的心理學著作，儘管現在看來已經落後許多，甚至顯得過於簡單粗糙，但這些都是現代犯罪心理學不可缺少的基石，對此，徐遙不敢有一絲輕蔑。他再次向袁清道謝，才叫車把這箱書搬回家。

車子開出古董街，司機說這個時段會塞車，問徐遙介不介意他繞遠路，徐遙說不介意，司機便繞到了一處空曠的工業區再折返回秀麗花園。

工業區裡到處都是廠房，徐遙看見了一塊寫著「美舒電子」的招牌，莫名覺得有點熟悉。

哦，對了，剛剛租書的年輕人，員工制服上就是繡著「美舒電子」這四個字。

「隊長，死者身分確認了，是美舒電子的員工，叫羅小芳。」

就在徐遙經過美舒電子附近的二十四小時後，工廠後方的一處草叢裡，張藍一邊緊皺著眉頭聽取李秩搜集的資訊，一邊看著張紅檢查那死狀悽慘的受害者。

悽慘，張紅想。無論是有多少辦案經驗的警察，都只能用「悽慘」來形容眼前所見的景象。死者胸部和腹部有多處刀傷，「多處」是多到傷口幾乎全都連在一起，像要把死者從中間剖開一樣，破裂嚴重的內臟散落一地，把草地都染成了紅褐色，死者的眼睛瞪得巨大，好像在為生前所遭受的痛苦吶喊一般。張紅檢查過死者的臉部後，輕輕地為她合上眼睛。

張紅知道，這最後的呼喊同樣會烙印在所有警務人員的眼裡，直到他們找到那一刻她所看見的人為止。

李秩臉上也露出了凝重的神色，他向張藍彙報：「羅小芳的主管說，羅小芳主要負責行政工作，平常晚上不用值班，但臨近年末工作繁多，她昨天晚上一個人加班。調查打卡紀錄，她是九點十七分才離開辦公室，但工廠門口的監視器卻沒看到她離開的身影。」

「也就是說，她是離開辦公大樓後，在廠區遇害的。」張藍環顧四周，廠區附近都是三四公尺高的鐵柵欄，要從外面翻進來有些難度，「可是她為什麼走到後面的草坪？這裡跟大門的方向是相反的。」

「我已經讓魏曉萌把廠區的監視錄影拷貝回去了。」李秩道，「王俊麟帶人調查當天加班的人；羅小芳的父母都在老家，我打給當地的派出所，讓他們協助安排他們過來……」

張藍挑起眉頭看了看李秩：「最近很認真啊，連安慰受害者家屬都不怕了？」

李秩嘆了口氣：「我想要成為一個出色的警察。一個出色的警察不能高高在上把查案當成遊戲，因為遊戲終有玩膩的一天，他必須感受到受害者的痛苦，才能永遠保持決不放棄的心……」

張藍斜斜地看他一眼：「一聽就是徐遙寫的小說，對吧？」

李秩臉一紅：「徐老師寫得很對啊，有什麼問題嗎？」

「沒什麼問題，你愛看誰的書就看誰的書，我又管不了。」張藍覺得自己已經盡最大的努力提醒李秩，但他仍然被徐遙牢牢地吸引著，他也只能作罷，「但工作永遠排在第一。」

「那是一定的。」李秩點點頭，又跟隨張藍把廠房四周的環境都調查了一遍，才回警局研究案情。

「紅姐，屍檢報告好了嗎？」一回警局裡，李秩就被張藍趕去催促張紅。

「你以為是考試啊，一個小時就要收卷？」

張紅正在忙，小阮在旁邊拍照跟記錄資料，李秩默默地站在一旁圍觀，他拉了拉身上的防護服，就聽見張紅發出了一聲奇怪的「嗯」。

「怎麼了？」李秩走上前。

「你看這個傷口。」張紅指了指死者腰側的刀傷，「其他的刀傷重疊在一起，很難分辨，但這個單獨的傷口就看得很清楚。兩邊窄中間寬，是扁扁的柳葉形狀，這不是刀能造成的痕跡，更像是……」

「劍。」李秩心裡一緊，他從小阮手裡拿過紙筆，把那天楊雪雅畫的短劍形狀畫了出來，「是不是這種兩邊開刃的短劍？」

張紅點頭：「對，刀都只有一邊刀刃，被刀捅了的話，傷口會一邊窄一邊寬，但這個傷口兩邊都是窄的，更像是劍。」

「紅姐我有事要先處理，小阮麻煩妳待會把報告拿過來。」

李秩一邊說，一邊扯掉防護服往外跑。他快步跑回辦公大廳，抓住正在看監視畫面的張藍，急忙彙報：「隊長，殺害羅小芳的凶器，跟前天晚上襲擊嫂子的怪人用的是一樣的短劍。」

「什麼？」張藍兩眼一瞪，朝魏曉萌喊道，「把快遞公司的調查結果調出來。」

「這裡。」魏曉萌連忙遞上調查表，「購買短劍的人都已經派人調查過了，大部分是購買沒有開刃的裝飾劍，放在公司當擺設或送禮，很少有人用個人名義買。這幾個是刀劍愛好者，也已經調查過了，劍都放在家裡，沒有開刃，當天也都有不在場證明。」

「隊長，我們是不是再去跟嫂子和路貝兒確認一下細節比較好？」

「嗯，你說得有道理……」

「隊長！」話正說到一半，王俊麟忽然衝了進來，「在羅小芳身上發現的頭髮DNA比對結果出來了！」

張藍也十分驚訝：「是誰？」

「是、是何隊長……」王俊麟都結巴了，「何、何樂為隊長……」

「什麼?!」

何樂為進出過警察局很多次，但進偵訊室還是第一次，他皺著眉頭看著李秩：「張藍那個混蛋不敢自己來，叫你來挨罵？」

「隊長去跟局長彙報了。」李秩嘆口氣，「特警隊隊長成為嫌疑人，這種事可不能用電話通知吧？」

「很明顯我是被陷害的啊，誰會那麼笨，什麼都不留只留下頭髮？」何樂為心情不佳，「而且說難聽一點，我要是想殺人，會那麼容易被發現嗎？」

「何隊長，我同意你的話，如果你要殺人，不需要把屍體弄得那麼難看。」

李秩點了點頭，隨即問道，「但如果是仇殺呢？或者你想擾亂視線，誤導我們凶手是一個不擅長殺人的人？」

「我根本不認識羅小芳，而且所謂的『擾亂視線』，我乾脆什麼都不做不就好了，幹嘛多此一舉？」

「但為什麼在十一月二十四日傍晚七點，廠房的其中一臺監視器拍到了你在美舒電子外面停留了一陣子？」

何樂為一愣，好像沒想到會被監視器拍到：「你也說是在外面……我就在那裡抽了一根菸，連工廠都沒有進去。」

「案發地點在工廠後面的一處草叢，但監視器只拍到了一部分，以你的身手，翻過四公尺高的護欄綽綽有餘。」李秩的問題步步緊逼，「何隊長，任何人看見這個情況，都會覺得你是去探查環境，方便躲過監視器翻牆作案。」

「我真的只是抽了一根菸……」

「美舒電子在工業區，那天也沒有人報警，你為什麼會跑到那裡去？」李秩直覺何樂為有所隱瞞，他必須問出這個隱衷才能得知真相，「你不說出真相，只會讓我們浪費更多的時間，在我們浪費時間的時候，也許又會有無辜的人遇害。何隊長，難道真的有比人命更重要的苦衷嗎？」

何樂為被李秩震住了，他嘆了口氣，抓了抓頭髮，艱難地掙扎了一會，才開口說道：「我可以告訴你，但你要保證，絕對不能找那個人的麻煩，不然以後我的工作會很麻煩。」

李秩點頭：「你說。」

「你記得我說過，許慕心的死很奇怪嗎？我一直在調查，她的人際關係我查不到，但火藥設備這些東西我比你們清楚。那天，我的線人約我在美舒電子見面，但我沒有等到他，我們約定每次只能等一支香菸的時間，所以我抽完菸就走了。這就是監視器拍到我的原因。」

李秩皺眉：「請提供一下線人的身分，我們必須核實……」

「李秩，線人有線人的規矩，如果你現在去找他，他可能會死。」何樂為豎起兩根手指，勾成一個彼此抗衡卻又不能拉斷的手勢，「我的命勾在他的身上，而他的命也壓在我身上。」

「何隊長，我相信你，但我需要證據。」

「就算你不相信我，也一樣需要證據，不然你根本拿我沒辦法。」何樂為下定決心不暴露那個人的資訊，「殺人動機、殺人手法或凶器，你們一樣都沒有，與其在這裡跟我爭執，不如去外面多找一點線索。」

「何隊長，我明白你想保護線人的心情，但也希望你能理解我們想為受害者討回公道的心情。」李秩看何樂為是不會鬆口了，只能嘆口氣站起身，「在案情明瞭之前，請你留在這裡……」

「四十八小時嘛，我懂的。」何樂為聳聳肩，「去吧，找到真凶，我的清白就不用證明了。」

「承你吉言。」

李秩和何樂為針鋒相對的時候，張藍正在跟向千山彙報案情。

向千山也是張藍的師父，李泓過去的戰友，現在的棋友。李泓曾經贈他一個「石佛」的綽號，說他處事冷靜，明明快輸了卻仍是一臉勝券在握的淡定，像是一尊永遠慈眉善目的佛像。

但現在這尊佛像好像出現了一絲裂紋：「張藍，這是怎麼回事？」

「很明顯栽贓嫁禍，但何隊長不肯合作，不願意說出能幫他作證的人的身分，我們也沒辦法。大家都是同事，誰也動不了誰。」張藍在進辦公室前就得知李秩最新的詢問進度，此刻只能把逼何樂為開口的責任推到向千山身上，「不然局長你跟他說一聲？」

「臭小子還學會指揮我工作？」向千山卻是搖了搖頭，「小何年齡比你們小，但他身上責任也不比你們輕，他既然不肯說出那個人的身分，表示那個人必須受到保護。」

張藍眉心一蹙，已經明白何樂為的線人恐怕正在進行極其危險的臥底工作，考慮到何樂為的職務，他的線人估計潛伏在恐怖組織裡，的確不能輕舉妄動：「好吧，那我只能留何隊長幾天了……」

「幾天？張藍，你最近是不是太懶散了？」向千山拍了拍張藍的肩膀，「我聽說之前兩起案件，大部分都是李秩在處理的。」

張藍一本正經地回答：「年輕人要多加磨練，當年師父也是這樣磨練我的。」

「磨練別人之餘，不要忘了磨練自己。」向千山說著，把一份檔案遞到張藍面前，「我和李泓都覺得，這個案子應該歸你了。」

「徐峰？」張藍瞪大了眼睛，「為什麼……」

「徐峰是林森的恩師。林森近年來致力擴展犯罪心理學的影響，他向上面提出建立一個直接向警政總局彙報的犯罪研究小組，必要時可以越過警察執法。」

張藍皺眉：「那他不是比你更厲害了？」

「這跟地位沒有關係，我總感覺他有一些不可告人的隱情，不管怎麼想，都只能想到徐峰的案子了。」向千山摸了摸那個已經皺巴巴的牛皮紙袋，深深地嘆了口氣，「二十年前我和你師父都解決不了這個案子，在沒有新證據出現的情況下，重新開始調查的確很困難，但我對你們有信心，你們一定可以找到突破口的。」

「謝謝局長欣賞……」

向千山必定是知道徐遙在近期案件中的作用，但他沒有明說，張藍一時也不清楚他的用意。他只能接過檔案，默默接過了這件停擺了二十年的懸案。

與此同時，他也遇到了一個難以抉擇的問題：他該不該讓李秩一起調查這個案子呢？

徐遙是當年唯一的嫌疑人，那時候並沒有強制維護未成年人權益，他被拘留了兩天，除了打以外什麼手段都用了，但他仍舊什麼都沒說。相比無辜的小孩，他更像一個深諳刑訊技巧的罪犯。

李泓是當年調查小組的主要成員之一，徐遙對李泓的反感可想而知，李秩如果知道了這件案子，只怕會更加仇恨李泓吧……

張藍覺得腦袋都快要爆炸了，他發誓以後生小孩不管是異性戀同性戀雙性戀還是什麼戀，只要不違法統統全盤接受。他絕對不要讓親子關係變成李泓和李秩那樣布滿地雷。

「隊長你回來了，屍檢報告出來了。」

張藍回到警局，魏曉萌就跑過去幫他快速播報重點：「羅小芳是內臟破裂、失血過多而死，死亡時間是十一月二十四日晚上九點半到十點半，凶器是劍之類的、兩邊開刃的利器，致命傷無法斷定，因為死者身上傷口太多了。不過可以卻定羅小芳跟凶手進行過搏鬥，所以有一些零碎的傷口，但除了何樂為隊長的頭髮，沒有發現任何皮屑之類可以鑑定DNA的東西。」

「凶手下手那麼不乾脆，應該是第一次作案，但他為什麼要嫁禍給何隊長？」張藍暫時把心思集中在這次的案件上，「李秩呢？」

「副隊長去找路小姐，他說嫂子那邊就拜託你了。」魏曉萌把何樂為的筆錄拿給張藍看，「這是副隊長幫何樂為做的筆錄。」

「不錯啊，進步神速。」張藍快速瀏覽了一遍，「監視錄影有什麼發現？」

魏曉萌搖頭，她把拍到羅小芳的三個角度的監視畫面都放了出來：「監視器拍到羅小芳走出辦公大樓後就往後面草叢的方向走，但她一直都是一個人，之前之後都沒有人到過那個角落。」

「停，這裡倒回去一點。」張藍看著魏曉萌操作，忽然指著其中一個畫面，「她放了什麼東西到口袋裡？」

「應該是手機吧……只能是手機了。」

在黑白畫面中，羅小芳在走出辦公大樓的時候，做了一個把什麼東西放進口袋裡的動作，因為角度所限，只看到一個長方形物體，但他們在羅小芳的衣物跟皮包裡都沒有找到手機。

「去，叫技術組鎖定羅小芳的手機訊號。」

「是。」

「我真的想不起來他還有什麼特別的。」

路貝兒在她家附近的一家茶餐廳和李秩見面，過了兩天，她的記憶已經不太準確了：「因為當時很害怕，所以……」

李秩安慰她：「我理解妳的心情，不過妳現在已經安全了，也許有一些細節妳有看到，只是沒想起來？妳可以仔細回憶一下嗎？我會在這裡陪妳的。」

「嗯……我盡量試試……」路貝兒垂下眼睛，努力回想那段讓她不安的記憶。酒吧裡的光影、音樂的喧囂、酒精和香水混合的氣味，然後那個人……

「不，我還是想不到……」

「別擔心，我在。」李秩抓住她的手腕鼓勵她，「他傷害不了妳的。」

「他、他很瘦，不是很高，頭髮塗了很難聞的髮蠟，他的眼睛都是血絲，一直盯著我看，說他想挖掘我當明星，但聽起來像是說謊，因為他很心虛、很小聲……」路貝兒搖搖頭，睜開眼睛，對李秩露出一個抱歉的表情，「我只記得這些了。」

「嗯，妳已經盡力了，不用感到抱歉。」李秩雖然有些失望，但他還是向路貝兒露出感謝的笑容，「我送妳回去吧，謝謝妳的幫助。」

「配合警方不是應該的嘛……啊，對不起！」

路貝兒一邊和李秩說話一邊站起身，不小心撞到了一個抬頭看菜單的人，李秩一看清楚那人的臉就滿心歡喜，脫口而出喊了一聲「徐老師」。

徐遙詫異地看了看李秩，又看了看路貝兒，心下了然：「不用管我，你們繼續吧。」

「不是，我是來取證的，這位小姐是證人。」李秩也不搞不清楚為什麼自己要急著解釋，「徐老師你別誤會。」

「我誤會什麼？」徐遙更加詫異了，他搖搖頭，點了一份蔬菜水餃，可是他剛說完，就驚訝地看著那個比李秩令人詫異的女生。只見路貝兒默默地靠了過來，幾乎貼在徐遙身上聞著他的味道：「妳在幹嘛？」

「你身上好香啊，是哪個牌子的香水？」

果然女孩子對這方面都比較敏感，李秩認識徐遙好幾年，從來沒有注意過他身上的味道，路貝兒才第一見面就發現了。徐遙放鬆警惕，停住往後退的腳步：「不是香水，是古龍水，香奈兒蔚藍。」

「哇，這麼貴……咦？」路貝兒正感嘆著，忽然她愣了一下，猛然轉身抓住李秩的手臂，「味道，我想起來了！那個人身上還有一股味道！」

李秩眼睛一亮：「什麼味道？」

「一種和酒吧很不搭的味道，一種很陳舊腐朽的味道，好像有很多灰塵，就像、就像……我肯定聞過，是什麼呢……」

「舊書的味道？」

「對，就是舊書！塵封了很久的舊書的味道，我在古董街一家舊書店裡聞到過。」路貝兒對給出精確答案的徐遙投去崇拜的目光，「你好厲害啊，這都能猜到。」

「你還記得是在哪家舊書店……徐老師？」李秩正準備接著詢問路貝兒，但徐遙已經拉著他往外走了，「徐老師，我還有案子要處理……」

「我知道是哪一家書店。」

徐遙說罷便放開李秩，抱著手臂看著他，他沒有說任何一個字，卻帶著讓人無法拒絕的氣場。李秩只好自覺把車子開了過來，載著這位不請自來的專家去找那家舊書店了。

「租書的年輕人？你說小郭？」

「對，就是在美舒電子工作的年輕人，我昨天遇到的那個。」

徐遙帶李秩來到「清如許舊書店」，李秩一進門就明白路貝兒形容的那種味道。他環顧四周，發現這裡有很多名副其實的舊書，連八九〇年代的雜誌都有。

袁清搖頭道：「我只知道他姓郭，不知道他的名字。」

李秩覺得有點不可思議：「老闆，你這裡租書都不用登記嗎？」

「這裡的書值錢嗎？拿走就拿走吧，還不值那五十元的押金呢。何必浪費時間登記？」袁清看著兩人失望的表情，皺眉問道：「小郭出了什麼事？」

「沒有，就是想跟他打聽一些事情，我叫李秩，是警察。」

李秩一亮出證件，袁清臉上就露出了擔憂的神色：「小郭惹上什麼麻煩了嗎？」

「具體的情況我不能跟你說，但如果你見到他，請他馬上到永安區警察局，有重要的事情要向他詢問。」李秩寫下自己的手機號碼，「或者打給我也可以。」

「小郭那個孩子雖然有點奇怪，整天看那些殺人案件的書，但他只是喜歡做偵探夢而已，從來不會惹麻煩的。」袁清對小郭的印象似乎很好，他看著李秩的手機號碼，忽然想起了什麼，「對了，我記得有一次，一群大學生來採訪過，那時候拍過照片，有拍到他，你等一下。」

「好，謝謝老闆。」

總算有了一點點線索，李秩稍微放鬆了一些，但餘光一瞥，卻見徐遙的臉色有點難看：「徐老師，有什麼不對勁嗎？」

徐遙沒有看他，只是盯著眼前那一堆堆的舊書，下意識地抹著下唇思考：「要在這裡待多久，才會身上沾滿了舊書的味道？」

「嗯？」李秩眨了眨眼睛，徐遙的懷疑不無道理，「也許他借了很多書，堆在房間裡，久而久之就沾染味道了？」

「是有這個可能，但他應該住在工廠宿舍，宿舍裡能放那麼多書嗎？」徐遙隨手拿起一本封面貼滿膠帶的舊書，卻見這是一本把「福爾摩斯」翻譯成「侯莫斯」的不知道哪個年代的翻譯本，不禁彎起嘴角自言自語地低聲呢喃，「袁伯伯騙人，還說這裡的書不值錢……」

「袁伯伯？」剛進門時，李秩沒留意徐遙跟書店老闆打招呼的稱呼，這時候才反應過來，「你跟老闆很熟？」

「我的事與你無關。」徐遙沒忘記讓李秩離自己遠一點的警告，硬是把快到嘴邊的「我小時候喜歡在這裡看書」吞了回去。

「我看到你開始寫新的小說了，這次的主角是警察，不是偵探，是新的系列嗎？」既然如此，李秩只能找一點跟他有關的話題了，「能讓我客串一個角色嗎？」

「我只是寫膩了自由自在的偵探，想挑戰一下有諸多限制的警察罷了，你別想太多。」徐遙差點忘了這傢伙除了查案就是等他更新，頓時有種被窺視的惱羞，他朝裡屋喊道，「袁伯伯，要不要我幫忙？」

「找到了找到了。」袁清從抽屜裡翻出一份標題叫《悅城舊韻》的學生報紙，指著其中一個報導舊書店的版面道，「就是這個。」

李秩跟徐遙湊近一看，除了大面積的文字外，還有一些舊書店的照片，其中幾張是專門拍書店裡的客人。袁清指著一個對著鏡頭比V字的女生的照片：「她旁邊這個人就是小郭。」

「照片有點模糊……」

「原始檔案就不模糊了。」李秩看了看報紙的出版單位，「悅大人文學院……老闆，你有他們的聯繫方式嗎？」

袁清搖頭：「沒有，這種學生我見多了，每次都說會再來看我，還不是做完作業就忘了？哪有小郭這樣真的願意待在一堆舊書中的？」

袁清話裡充滿對小郭的愛憐，徐遙不想在他面前討論小郭可能是嫌疑人的事，他朝李秩使了個眼色，李秩意會，抄下了報紙的聯繫方式便告辭了。

「你要去悅大找這張照片嗎？」徐遙追上去，「你怎麼找？直接跑人文學院的辦公室讓人家幫你找拍照的學生？」

李秩搖頭：「當然不會，我會先找助教，讓老師去找學生，避免嚇到他們。」

「你知道這個世界上，傳播消息最快的是什麼嗎？」徐遙攔住他打開車門的動作，「社交媒體。」

李秩皺眉：「我不明白你想說什麼。」

「作為一個警察，你去找這張照片，那這張照片就是證物，照片裡的人馬上就會成為大家議論的對象。他們不知道警察到底在找什麼，於是會自己想像出一個故事，把平日不起眼的小事加油添醋，加上各種小道消息，甚至是故意編造的謠言。很快，不止小郭，照片裡的女孩都會被所有人指指點點。」徐遙正色道，「流言蜚語也可以殺人，我希望你記得自己代表的權力。」

「那我能怎麼辦？我總不能偷偷取證吧？這樣警察要怎麼辦案？」李秩鮮少地質疑徐遙，「而且他們都是大學生了，又不是小孩，我也不是嚴刑逼供，更不是要傳喚開庭，拿一張照片還要顧及他們的感受，顧及輿論趨勢，那我們什麼時候才能破案？」

「你怎麼了？」徐遙沒有因為李秩發脾氣而不滿，反而從他的語氣裡聽出了反常的急躁，「這起案件不只是騷擾女性那麼簡單吧？」

「我不能告訴你。」李秩深吸一口氣，「你不是讓我離你遠一點嗎？那我的事也跟你沒關係。」

徐遙沒想到他會拿他說過的話來嗆自己，一時間竟無法反駁。李秩推開他，鑽進車裡，開車離開。

徐遙在原地愣了半晌，才摸了摸自己被李秩觸碰到的肩膀，難以置信地想：他居然推我？

「隊長，我有一些新的線索，麻煩你把美舒電子所有十八到三十歲之間姓郭的男性員工找出來，看看哪些是沒有不在場證明的。然後在他們之中，又有誰比較不合群，喜歡一個人看書……我待會再跟你詳細說明原因……我？我現在去悅城大學找一個人，如果我找到的跟你找到的是同一個人，那這起案件就解決了。嗯，我盡快。」

李秩開車來到悅城大學，一下車，就被恍如隔世的青春氣息鋪天蓋地地籠罩住了。在五花八門的攤販前排隊買午餐的學生，穿著外套和拖鞋在影印店裡列印講義的學生，左手一包餅乾右手一疊筆記、嘰嘰喳喳聊著天從便利商店走回宿舍的學生，終於通過證照考試於是迫不及待把教科書賣掉的學生，以及正準備考取證照而購買各種便宜二手教科書的學生。畢業多年的李秩感慨了五秒青春真好，就收起羨慕的心情，朝人文學院走去。

「嗯，我明白了，李警官，我會注意的。」

「謝謝你，孫老師。你還是叫我李先生吧。」李秩來到人文學院的辦公室，和助教孫皓老師說明來意，「不要讓學生們知道我的身分。」

「好，我就說市政府在徵集老照片，不會說是辦案需要的。」孫皓笑道，「李先生真細心，既可以避免學生洩漏案情，又不會讓學生遭受輿論壓力，連我這個當心理學助教的老師都沒有你想得周到。」

「過獎了，我只是依照程序罷了。」李秩被孫皓誇得有一點的心虛，「你能盡快幫我找到那張照片嗎？」

「那個學生我認識，你稍等。」

孫皓說著，就打了一通電話給那個拍照的學生，他的語氣歡快，連李秩都忍不住以為真的有什麼「徵集老照片」的活動了。

「對，是大型賽事，得獎的話可以額外加分，妳快點寄到我的信箱。」電話一掛，孫皓就恢復了冷靜的語氣，「李先生你稍等，她在宿舍還沒起床，現在正在開電腦，應該馬上就會寄過來了。」

「孫老師很受學生歡迎啊。」李秩仔細打量了一下孫皓，「你也是剛剛畢業吧？」

「對，我剛剛開始工作，讓你見笑了。」

「怎麼會，有像你這樣能和學生打成一片的老師，是學校的幸運。」要是老師都像徐老師那麼冷漠就太糟糕了，李秩在心裡默默吐槽。

孫皓嘆口氣：「我們學院知名度不高，加上又是人文社會學科，工作難找，招生率不高，很多學生都是學測成績不理想才填這個志願的。一開始大家都有點鬱悶，所以我會和他們親近一點，幫他們心理輔導，不然很容易會出問題。」

「助教還要幫忙心理輔導啊？」李秩讀的是警校，教學方式有很大的差異，

「你們沒有輔導老師之類的職位嗎？」

「有，現在都很重視大學生的心理問題，每個學院都有心理輔導室，不過我比較特殊，我之前是就讀的心理專業，所以順便兼任了……喔，照片寄過來了。」

談話間，孫皓的信箱收到了那張高畫質的原始照片，李秩把圖片複製了一份，再次感謝孫皓的幫忙，便趕回警局進行比對。

「找到了，郭健偉，二十歲，生產線工人。案發當晚九點打卡離開工廠回到宿舍，但他的室友出去看球賽了，十一點多才回來，沒有人能幫他做不在場證明。」魏曉萌透過臉部識別系統把那張學生拍攝的照片和美舒電子的員工照片逐一比對，很快就找到了符合條件的人。

「生產線工人，那他可以利用生產線的機器把普通刀具磨成兩邊都是刀刃的形狀，引導我們調查錯誤的方向。」張藍用力拍了拍李秩，「可以啊李秩，越來越厲害了。」

「額，我只是運氣比較好……」李秩不想提到徐遙，只能再次心虛，「我們現在就去抓人嗎？」

「等一下，先看他在路貝兒遭受襲擊那天晚上的打卡紀錄。」為了保險起見，張藍還是再確認了一次，得知那天工廠確實放假之後，他才讓李秩帶著王俊麟去抓人。

然而到了工廠，生產線主管卻說因為早上發現屍體的事情，下午有很多人請假，於是工廠經理乾脆讓他們放假一天。主管把他們帶到宿舍的時候，郭健偉已經不見蹤影了，他的室友說他午餐過後就沒回過宿舍。

「馬上通知隊長，留意郭健偉的去向。」

「是。」

李秩吩咐王俊麟傳達消息後，就彎著腰鑽到了郭健偉的床鋪裡。工廠宿舍都是上下鋪，一間四個人，每個人只分配到一個床位和一小格收納櫃，所謂的宿舍也不過是提供了一個睡覺休息的地方而已。

李秩檢查著郭健偉的床鋪，一公尺寬的下鋪，鋪了一層還算厚的床墊和一床棉被，牆邊疊放著一沓沓的舊書，連枕頭都是用幾本書堆疊起來的。他拿起一本蓋在床頭的舊書，那是一本記錄上世紀倫敦懸案「開膛手傑克」的書。書裡詳細地記錄了很多李秩從來沒聽說過的消息，不止有當年調查案件的警員的口述、不同專家的推論，還有很多由於過於血腥現在已經找不到的圖片。儘管年代久遠，不知真假，但這厚重的歷史感，加上歷代書本主人所做的筆記，儼然已經成為一本學術著作，跟網路上那些「熱門知識」完全不一樣。

李秩以為袁清的舊書店真的只是一間舊書店，沒想到裡面會有如此珍貴的舊書，而且他還把它們當成不值錢的東西一樣到處亂放，不整理也不防潮，如果不像郭健偉那樣細心尋找，根本找不到被稻草覆蓋的珍珠。

翻著翻著，一張紙頁掉了出來。那是一張從筆記本上撕下來的紙，上面寫滿密密麻麻的字，看筆跡跟紙張都比較新，應該是郭健偉自己寫的。李秩把紙張放到燈光下查看，卻見上面記錄著羅小芳從十一月二十三日開始到案發之間的行蹤。

難怪羅小芳死狀如此悽慘，原來郭健偉是想模仿開膛手傑克，但他畢竟沒有殺人經驗，所以才會如此狼狽。

如果郭健偉真的想成為模仿犯，那就還會有其他受害者——

李秩突然意識到事件的嚴重性，他放下書本，想再次打電話給張藍。這時，靠牆的書堆微微傾倒，讓李秩的目光瞥見了一個白色的物品。

嗯？

面具，是那天晚上他撞到的人戴的白色死神面具。

「隊長，我們可能遇到了一個變態殺手……」

「徐遙，小郭他真的沒有惹上什麼麻煩吧？」

李秩離開後，徐遙回到書店，想盡可能知道一些關於「小郭」的資訊。儘管他不知道小郭涉及到什麼性質的案件，但他不希望讓袁清感到失望。

「我也不是很清楚，不過李秩他們會調查清楚的，你不用太擔心。」徐遙在店裡翻找著關於懸疑推理的書籍，「袁伯伯，你記得小郭借過什麼書嗎？」

「嗯，都在這裡了。除了他，也沒有別人會來這裡看書，他歸還的書我都順手放櫃檯旁邊。」袁清把一沓堆在櫃檯隔壁的書推過來，「他就愛看這種類型的書，說什麼要是他出生在那個年代一定能破案什麼的。」

徐遙搖搖頭：「其實這些所謂的懸案，都是當年科技不發達才會出現的。一九八〇年以後，進步的科學技術讓所謂的懸案越來越少，我們知道指紋、血液、DNA等等偵查技術，讓現代人回顧當時的案子，當然會覺得很容易就能破案。」

袁清笑道：「你說這些話的時候，跟你爸一模一樣。他總是說，總有一天科技可以進步到只要幫大腦拍一張X光照片，就能分析這個人有沒有說謊。」

「現在的確有測謊技術，但執行上還是沒有這麼簡潔方便，不過也有精神分析學家認為生理缺陷會導致犯罪傾向……」

徐遙說著說著就陷入了自言自語，他一邊呢喃一邊快速翻動小郭借過的書籍，忽然，他的目光被一頁夾在書裡的筆記吸引了：「格林河殺手？這個案子破了啊……喔，對，這本書出版的時候還沒有……嗯？」

「怎麼了？」

「十一月二十六日，築江河邊，鐘聲相迎，傳說再臨？」徐遙皺著眉頭，他看了一下時間，已經是晚上八點多了，「袁伯伯，這本書借我一下，我先走了。」

「路上小心。」

袁清不清楚徐遙要去做什麼，但他忍不住想起二十多年前的徐峰，便不由自主地說出了和當年一樣的叮囑。

「徐遙，你可真像你的父親啊……」

「請問要到哪裡？」

「築江碼頭。」

徐遙一搭上計程車，立刻就打電話給李秩，但對方隔了一會才接起電話：「李秩，你在哪裡？」

李秩的聲音壓得很低：「我正在向隊長彙報，晚點再說。」

「我不知道你在查什麼案子，但請你馬上派人去築江附近。」徐遙有些焦急，

「郭健偉一定會在那裡出現的，而且有可能會殺人。」

「什麼？」

「我現在沒辦法跟你解釋，要是你……」徐遙頓了一下，還是輕聲說了，「要是你還相信我的話，就快點去吧。」

「徐老師……」

李秩還沒從最後那句話裡回過神來，對方已經掛斷電話，而張藍也快速瀏覽完李秩整理的線索，發出一聲沉吟：「練習殺人？」

「嗯，沒錯，我覺得這是一起模仿犯罪。」

李秩帶著那堆舊書和面具回到警局，張藍皺著眉頭聽他解釋：「所以郭健偉是在模仿那些著名殺手的作案方式，但因為沒有殺人經驗，所以正在進行練習，也就是在羅小芳之前就有別的受害者？」

「應該說之前他都沒有成功。隊長，我去你家吃飯的那天，也就是十一月二十日晚上，我曾經撞到一個戴著這個面具的人；十一月二十二日晚上，路貝兒遇到一個男人襲擊；十一月二十四日晚上，羅小芳遇害。每一次行動都在升級，他在練習，觀察警方的反應，然後改進，就像做實驗一樣。」李秩把所有線索在白板上連成一條線，「今晚他一定會再次行動。」

「但沒有任何實際的證據，逮捕令申請不下來……」張藍沉吟一會，「所有人都動起來，我們一個街區一個街區調查，今晚一定要找到郭健偉。」

「隊長，我建議在築江附近搜查。」李秩道，「徐老師從郭健偉看的舊書裡推測出他的行動，覺得他今晚會在築江附近犯案。」

「等案子結束我再處理你。」張藍想批評李秩洩漏案情，但輕重緩急他還是分得清楚，「調派人手，重點搜查築江周邊位置。」

「是！」

十一月末尾的天氣已經很冷了，晚風呼嘯，獵獵作響，江邊行人稀少，錨鍊在幽黑的水下拖拽著停泊於碼頭的貨船，奇形怪狀的船影佝僂在水面上，像不知其名的笨重怪物。

築江碼頭的貨櫃仍然零落地閃爍著幾盞燈光，應該是還有工人在加班裝卸貨物。在十公尺高的防護堤外，湧動奔流的江水拍打著堤岸，高大的貨櫃儼如城牆，而此時，徐遙就在這城牆外快步穿梭。

貨櫃碼頭的管理相當嚴格，但離開了貨運場就不一樣了。被明暗交錯分割的堤岸小徑寂靜無聲，杳無人跡，叢生的雜草足有一人高，徐遙打開手機的內建手電筒，撥開一簇簇泛黃的草葉，將每一個角落巡視照亮，生怕自己遺漏了某個不起眼的暗處，讓一個無辜的人被遺棄在絕望的深淵。

那張筆記紙上已經寫得很清楚了，郭健偉想要模仿格林河殺手，在此之前，他大概已經模仿過別的連環殺手犯案，對象應該是路貝兒，只可惜失手了，所以李秩才會去調查。

從袁清的描述和他的書籍借閱紀錄中，徐遙在腦海中勾勒出了郭健偉的側寫——一個二十歲左右的年輕人，可能因為家境問題無法上大學，只能在工廠當生產線工人，因拮据而無法承擔智慧型電子產品，而閱讀舊書會讓他有一種優越感，但實際受教育程度不高，總是沉浸在獵奇的題材裡；他渴望認同，渴望名聲，渴望與眾不同，所以才想模仿那些著名的殺人犯，引起社會的討論和關注。

格林河殺手雖然是一起已經偵破的案件，但郭健偉的資訊來源是那些過時的舊書，而築江提供了最好的模擬場所，對比其他殺死受害人後還要損毀屍體的駭人案件，扼殺不需要複雜的工具和技巧，江水也會破壞大部分的證據。徐遙推測，他一定會在靠近水邊的位置下手，但築江那麼長，他到底會在哪裡呢？

鐘聲相迎……鐘聲相迎？

徐遙停下腳步，抬頭環視四周，築江附近並沒有鐘樓之類的建築，哪裡會有鐘聲相迎？

難道這只是一個比喻？

不，不可能。他特意寫下這麼一句話，絕對不可能只是文學修辭。

這時，手機發出了兩聲短促的滴滴聲，電量已經只剩百分之十了，徐遙不得不關掉手電筒。光線驟弱，他用力眨了兩下眼睛，才適應了明暗變化。

忽然，一聲貨船鳴笛劃破了死寂，徐遙猛然回頭，只見一艘貨船正在進港，向港口員工鳴笛示意。

是汽笛。在碼頭響起的鐘聲就是汽笛。

徐遙回身往貨船進入港口的堤岸跑去，郭健偉沒辦法越過港務人員進入那片區域，那麼他只能選擇一個最靠近的僻靜之處下手。

徐遙跑到小徑的盡頭，一面鐵網阻擋了他前進的路，他抓住鐵絲網抬頭看去，迫近的貨船顯得更加高大可怕，它擋住了碼頭的燈光，讓徐遙的視線再次陷入黑暗。

然而，在這片黑暗之中，徐遙聽見了細微的聲響。他打開電量快見底的手機，只見不遠處的一叢雜草異常地抖動著，他大喊一聲「誰在那裏」便衝了過去。

「住手！」

徐遙撥開亂草衝了進去，漸弱的光芒映照出一個渾身黑衣的男人。他正掐著一個女人的脖子，女人無法發出聲音，只能極力掙扎。男人似乎並不在意身分敗露，不止沒有逃走，還回頭瞪了徐遙一眼，他戴著只露出眼睛的頭套，充滿血絲的眼睛不知道是亢奮還是病症，而徐遙這個觀眾的出現刺激了他的行動，使他更加用力地扼住女人的脖子。

「放手！」

徐遙撲了過去，男人被撞開，卻順勢抓住徐遙的手臂把他按倒在地上，兩手一合轉而掐住了他的脖子。徐遙拚命掰開他的手指，屈起膝蓋用力撞向對方的胯下。

男人慘叫一聲，捂著下半身倒在一側，徐遙把他踹開，跑過去扶起那個近乎昏迷的女人，在她臉上甩了一記耳光：「醒醒！快跑！」

女人被徐遙一巴掌打醒，瞬間尖叫起來，徐遙用力搖晃著她的肩膀：「別叫！快跑！到碼頭找警衛！快報警！」

身後再次傳來一陣憤怒的低吼，徐遙被男人抓著腳踝拉倒在地上，額頭撞在地面，鮮血頓時沿著臉頰流下。女人猶豫了一下，似乎覺得不應該丟下這個救了自己的人，但徐遙卻用力把她推開：「快跑！」

女人徹底清醒過來，知道自己也幫不上忙，只能拚命沿著小路逃跑，尋求救援。徐遙趁男人還沒完全恢復，將手機用力砸向他眼睛中間的位置，男人被砸中鼻梁，捂著臉大叫，徐遙趁這個空檔，連爬帶跑地迅速逃開。他不知道男人有沒有追過來，只能聽見他一直吼叫著「停下」「懦夫」「怪物」之類的話，在雜亂的草叢之中顯得十分駭人。

遠處的貨船已經完全進港，燈光稍微亮了一些，徐遙已經聽不見那人的吼聲，但這可能意味著他已經恢復冷靜，如此他的處境只會更加危險。徐遙衝出草叢，卻迎面撞上一個高大的身影，一把將他牢牢抓住。

他止不住驚懼，大喊著掙扎了起來。

「徐老師，是我，是我，我是李秩。」李秩抓著徐遙揮舞的拳頭把他鎖進懷中，兩手扶著他的頭讓他冷靜下來看著自己，「你安全了，那個女人也安全了。」

徐遙放大的瞳孔映照著李秩的臉，淡褐色的眼睛在遠處閃爍不定的燈光中像蒙上了一層水霧，他緊繃的身體慢慢放鬆下來，終於長長地舒了一口氣，跪倒在地上。

築江碼頭邊亮起了好幾盞遠光燈，將黑暗的草叢照得明亮如畫，員警們拉起封鎖線，地毯式搜索著蛛絲馬跡。

靠近堤岸處，張紅正在幫徐遙採證，檢查他身上有沒有嫌疑人留下的頭髮和血跡，順便幫他脖子上的傷痕拍照。她拿出一根棉花棒，讓徐遙張嘴，沾取了他的唾液。徐遙很配合，沒有任何抗拒或不安，張紅不禁好奇：「徐先生，你好像很熟悉我們的工作啊？」

「我教過刑偵學。」徐遙言簡意賅，他把手抬高，方便張紅從他的指甲裡採證，「我好像抓了他，但不確定有沒有抓出傷口，妳可以檢驗看看有沒有皮屑之類的。」

張紅點頭，她指了指徐遙額頭：「也幫你處理一下傷口吧？要是你不嫌棄我沒處理過活人。」

徐遙輕笑了一下，心想這位法醫真不愧是張藍的孿生妹妹，在這種環境還能開玩笑，內心確實很強大了。

「徐老師。」

張紅處理好徐遙的傷口，剛剛走開，李秩便拿著證物袋走了過來，袋子裡裝著染血的手機：「這是你的手機嗎？」

「對，我砸到了他的鼻子，上面是犯人的血。」徐遙看了看李秩，不太自然地說了句：「謝謝你。」

「是我該道謝才對。」李秩把手機交給鑑識科的同事，從車裡拿了一瓶水給徐遙，「要不是你，那個女人就凶多吉少了。」

「她現在怎樣了？」徐遙才發現自己連那個女人的長像都沒看清楚，「你是怎麼找到我的？」

「她很安全，我們同事把她送到醫院了。」李秩在他身邊坐下，「她被你救了之後，就一路狂奔過來，正好遇到我們，她話都說不清楚，只是一直指著這個方向喊救人，我讓同事先照顧她，正要跑過去就看見你了。」

「犯人想要模仿格林河殺手……」

「嗯，我猜到了。」李秩這次終於跟上徐遙的步調，「其實在這之前還有兩到三起模仿案，但只有一件成功了。」

徐遙皺眉：「這麼嚴重？為什麼完全沒有報導？」

「因為何隊長是案件的嫌疑人。」李秩深吸一口氣，「我之前態度不好，對不起。」

「你不能洩漏案情，沒什麼好對不起的。」徐遙摸了摸額頭上的繃帶，「你還願意相信我，謝謝你。」

「徐老師，其實我是很自私的，我只是覺得你懂得比較多，想要向你學習而已，並沒有想過這會對你造成多大的麻煩，或者勾起你難過的回憶。」李秩搓了搓手指，他不知道自己現在有沒有立場詢問，但他還是想要試探一下，「我不知道你是因為什麼要讓我離你遠一點，但我想告訴你，我認為你不是一個壞人。」

「嗯？」徐遙愣了一下，才反應過來是他們之前在捷運站裡的對話，「為什麼我不是一個壞人？」

「你願意為了一個素不相識的人豁出性命，我認為這樣的人不會做出真正意義上的壞事。」李秩轉過頭看著徐遙，卻見他臉上還沾著一些灰塵，他忍不住笑意，幫他擦了擦臉頰，「不過罪行不等於壞事，我沒有感情用事亂下判斷。」

徐遙下意識躲開，但李秩手掌寬大，修長的指節幾乎覆蓋住了他半張臉，他躲也躲不過，只能僵硬著脖子讓他擦，還好李秩只是想幫他擦臉而已，沒做出什麼曖昧的舉動，指尖在他的臉頰上微微摩擦後，就把手收了回去。

徐遙揉揉鼻尖，他想：天色這麼黑，李秩應該看不見他異常的神情吧？

「你能不能幫我一個忙？」

「你說。」

「我想見一下張藍。」徐遙補充道，「好好說話的正式會談。」

「嗯……」

李秩也不清楚什麼才是正式的會談，但徐遙這麼認真地拜託他，他也只能答應。張藍聽說徐遙要找他談談，頓時皺眉：「好好說話是什麼意思？」

「我哪知道，但肯定不是吵架的意思。」李秩拉著張藍，「隊長，郭健偉肯定不會就此罷手，徐遙是唯一一個正面接觸過他的人，我們為什麼不乾脆利用他解決這起案件呢？這樣何隊長也能早日洗清嫌疑，局長也不會質疑我們了。」

「你怎麼忽然這麼會說話？」張藍發現自己居然被說服了，「是徐遙教你的？」

李秩心想，其實是上次徐遙說他們的矛盾不是鄰居糾紛啟發了他，他發現他只要把張藍當成那些因為不理解徐遙而對他有諸多不滿的鄰居來處理就可以了——當然，他是不可能告訴張藍的。

「反正你只需要利用他破案，剩下的我來處理就可以了。」

「好，那等搜證結束你和他一起到警局來找我。」

張藍答應李秩，又轉頭跟港務人員約談調閱監視畫面的事宜。

李秩正想回去找徐遙，便收到了魏曉萌的電話，他聽完馬上跑著追上剛剛走遠的張藍：「隊長！」

「又怎麼了？」張藍被他嚇了一跳。

「郭健偉自首……不對，他自己去警局了。」李秩急忙轉述，「他說他有幫助我們破案的線索。」

「哈啊?!」

「沒錯，他就是郭健偉。」

隔著單向玻璃，李秩打量著偵訊室裡那個二十幾歲，剃著一頭短髮的年輕男生。和悅大學生拍的照片再三比對，才確定了這個人就是他要找的郭健偉：「妳說他是幾點來到警局的？」

「十點四十五分，正好是你們出去後的兩個小時。」魏曉萌已經詢問過一些常規問題，「他說他下午去網咖找線索，直到九點五十分才離開，他是搭計程車過來的，中途沒有去過其他地方，網咖的老闆還有司機都可以作證。」

「所以在築江碼頭的人不是他？」李秩愣住了，難道他們的追查方向完全錯了？

「問過就知道了。」張藍朝李秩抬了抬下巴，李秩會意，和王俊麟一起進入偵訊室幫郭健偉做筆錄。

徐遙一直站在偵訊室的電子門外，他看見李秩出來，剛想跟他說什麼，但張藍朝門口的警衛揮了揮手，把他放了進來：「進來吧，以免待會還要複述一遍。」

徐遙疑惑地看向他：「你讓我參與調查？」

「你想跟我談的也就只有這件事了吧？」張藍讓李秩先進去訊問，才讓徐遙走進監控室繼續說話，「還是你還想談歷史遺留問題？」

「我只想搞清楚當下的問題。」

張藍皺眉：「你就一點也不想知道是什麼人殺了你父親？」

「我相信你們警方啊。」

徐遙這句話明顯帶著嘲諷，但張藍的回覆並不生氣，反而十分意外：「你不知道林森他……」

「森哥？」徐遙一愣，「森哥怎麼了？」

「……沒什麼。」張藍詫異極了。

要是林森想利用徐峰的案件，他不可能不找徐遙，尤其徐遙也是研究犯罪心理學的專家。他還以為是他們聯合想要重啟案件調查。但看徐遙的反應，卻是毫不知情。

張藍暫且壓下疑惑，把注意力放回偵訊室。

郭健偉在偵訊室裡東張西望，與其說慌張失措，不如說他是興奮緊張。他摸了摸桌子又摸了摸椅子，似乎還想要觀察監視器。王俊麟略帶警告地說道：「安分一點，你把這裡當成什麼地方。」

「喔，我知道，這是機密案件對不對？好的，我一定不會洩漏風聲。」郭健偉十分積極配合，他兩手靠在桌上，身體前傾，這是一個樂意傾述聆聽的姿勢，「我研究了殺害羅小芳的凶手的行為邏輯，他的下一個目標一定會在築江附近下手，你們快點去那裡埋伏吧。」

「你說你研究了凶手的行為邏輯是什麼意思？」李秩皺眉，他是真的業餘偵探還是故布疑陣？

郭健偉眨了眨眼睛，好像有點不好意思：「我平常不上晚班的時候，就會跑到悅城大學偷聽他們上課。我不擅長讀書，但也想感受一下大學生的氣氛。大概是五天前吧，我聽完一堂通識課就準備回去了，但途中卻聽到有人在教學大樓後面的花圃激烈爭吵。我本來以為是情侶吵架，可是偷偷一看，卻是一個戴著面具穿著斗篷的人在自言自語。」

「面具和斗篷？」李秩一驚，追問道，「就是你宿舍裡的那個面具嗎？」

「對對對，那是他發現我以後逃跑時遺落的，我把它撿了回去。」郭健偉猛點頭，「當時我覺得他可能是在排練話劇，因為他說的話很文藝，但又不像什麼世界名著，所以我就偷偷錄了下來。我把錄音交給那個漂亮的警察姐姐了，你們記得要聽，真的很詭異。」

他有手機？

監控室裡的徐遙一愣，這不符合側寫。

偵訊室裡的李秩不知道徐遙的疑惑，繼續問道：「可是一個人要怎麼激烈爭吵？」

「他一個人自言自語啊。」郭健偉坐直身體，清了清喉嚨，發出粗糙低沉的生氣聲音：「你這個懦夫，沒出息！這一點小事都辦不到，讓我來！」然後他又把聲音放輕，換成一個畏畏縮縮的聲音：「不行！這樣做是錯的！這一點幫助都沒有！」

「行行行，別表演了，待會我們自己看。」李秩打斷這個表演欲望高漲的男生，「繼續說你是怎麼研究的。」

「你們一定要看啊。」郭健偉意猶未盡，他舔了舔嘴唇，繼續回憶，「然後，我就開始留意關於悅城大學怪談的文章。不久前，有一篇文章說他的學姐被一個男人騷擾，像是一個變態，還拿著短劍，非常嚇人。然後回帖的人都很猥瑣，說是學姐自己不檢點才會被騷擾，還有人把她的照片發出來。我注意到她經常穿著一身黑色的衣服，長得很漂亮，還有人說她當過模特兒，這些事情連起來，就讓我想起了一起著名的殺人事件——黑色大理花懸案。」

「嗯？」李秩一愣。

郭健偉豎起一根手指，在自己的臉頰上從左耳劃到右耳：「你沒發現嗎？那個是裂口女的面具啊，不就是黑色大理花的死狀嗎？」

「你在袁清的書店裡借那些舊書，就是要研究這些懸案？」李秩把那兩頁筆記拿到他面前，「那羅小芳的行蹤你要怎麼解釋？」

「我在追查真相。」郭健偉說得理所當然，「那種情況一看就是在模仿開膛手傑克。我研究了一下，世紀懸案已經沒有了，但是在已經偵破的案件裡，格林河殺手還是很出名的，所以我認為他下一次作案肯定是在築江附近，你們最好……」

「不需要你教警察怎麼辦案，說你自己的事情就好。」王俊麟敲敲桌子打斷他，「你知不知道你的行為對我們的調查造成了多大的干擾？」

郭健偉沒想到自己的積極熱情會被潑冷水，悻悻然道：「我的不在場證明那麼充足你們還懷疑我，這明明是你們的問題……」

「你是什麼意思？」

「去把筆錄印出來，讓郭先生確認簽名。」李秩整理好筆錄，讓王俊麟拿去影印。王俊麟對郭健偉露出「這次就放過你」的表情，乖乖跑去影印了。

「郭先生對罪案研究很感興趣啊。」李秩道，「那請問你對瑪莎．塔布蓮、貝蒂．肖納還有瑪麗．瑪格麗特的案件有什麼看法？」

郭健偉滿臉好奇：「這些是案件的凶手嗎？我怎麼完全沒聽說過？」

「她們是分別於一八八八年的倫敦、一九四七年的洛杉磯，還有一九八二年的華盛頓遇害的無辜女性。」李秩直直看進郭健偉的眼睛，臉上明明什麼表情也沒有，卻讓人感覺到他的臉部肌肉十分緊繃，語氣也帶著勝卻一切雄辯的力量，「你知道我們和媒體有什麼區別嗎？」

郭健偉語塞，在李秩恍若明火的注視下，他竟然說不出一句話來。

「我們不幫殺人犯取綽號，也不以殺人犯命名案件。而且，我們寫案件報告的時候一點也不開心。」說罷，李秩便起身離開。

郭健偉張了張嘴，終究沒有在那沉重的關門聲響起前說出一句話來。

——《無瞳之眼01》完

Author.風花雪悅

高寶書版集團
gobooks.com.tw

BL037

無瞳之眼01

作　　者　風花雪悅
繪　　者　BSM
編　　輯　任芸慧
校　　對　林思妤
美術編輯　彭裕芳
排　　版　彭立瑋
企　　劃　方慧娟

發 行 人　朱凱蕾
出　　版　英屬維京群島商高寶國際有限公司臺灣分公司
Global Group Holdings, Ltd.
地　　址　臺北市內湖區洲子街88號3樓
網　　址　www.gobooks.com.tw
電　　話　(02) 27992788
電　　郵　readers@gobooks.com.tw（讀者服務部）
pr@gobooks.com.tw（公關諮詢部）
傳　　真　出版部　(02) 27990909　行銷部 (02) 27993088
郵政劃撥　50404557
戶　　名　三日月書版股份有限公司
發　　行　三日月書版股份有限公司/Printed in Taiwan
初版日期　2020年8月

國家圖書館出版品預行編目(CIP)資料

無瞳之眼 / 風花雪悅著.-- 初版. -- 臺北市：高寶國際, 2020.08-
冊；　公分. --

ISBN 978-986-361-856-0(第1冊：平裝)

857.7　　109007251

三日月書版

三日月書版

GOBOOKS
& SITAK
GROUP ©

GOBOOKS
& SITAK
GROUP©